OLAF CLASEN

# SCHÖNE BUNTE WELT

Fantastische
Geschichten
aus jeder Zeit
von überall

OLAF CLASEN

# SCHÖNE BUNTE WELT

Fantastische
Geschichten
aus jeder Zeit
von überall

Bibliografische Information der Deutschen Nationalbibliothek:
Die Deutsche Nationalbibliothek
Verzeichnet diese Publikation in der Deutschen Nationalbibliografie;
Detaillierte bibliografische Daten
Sind im Internet über dnb.dnb.de abrufbar.

Copyright:
2016
Olaf Clasen
50672 Köln
olafclasen@web.de
www.odecologne.eu
Herstellung und Verlag:
BoD-Books on Demand, Norderstedt
ISBN 978374128441

## INHALTSVERZEICHNIS

Vorwort ............................................................. 7
1 Ursprung ........................................................ 9
2 Microcosmos ................................................ 11
3 Lotusesser .................................................... 15
4 Babylon, der neunte Tag ............................. 23
5 Arabesken .................................................... 63
6 E-Mail ........................................................... 69
7 Dinner ........................................................... 83
8 Trojanische Pferdchen ................................. 87
9 Zuzzannaa ................................................... 91
10 Was nun? .................................................. 95
11 Dialog ........................................................ 99
12 Octopussy ............................................... 101
13 Rucksäcke ............................................... 107
14 Ausstellung ............................................. 109
15 311 nach Kalithea .................................. 113
16 Eremitos .................................................. 119
17 Fahrradträume ........................................ 123
18 Kleobolos ................................................ 125
19 Marfalda .................................................. 129

| | |
|---|---|
| 20 Abraham | 133 |
| 21 Autos | 137 |
| 22 Wasserspiele | 141 |
| 23 Orcano | 143 |
| 24 Hoffnungen | 149 |
| 25 Die Augen | 151 |
| 26 Kult | 155 |

## SCHÖNE BUNTE WELT

*Vorabbemerkungen*

Ich bin eitel, das gebe ich gern zu. Sie hätten es sowieso herausgefunden. Ich mag Komplimente für meine Arbeit. Darum habe ich mich gefreut, dass mich so viele nette Leserinnen und Leser um einen zweiten Band von „*Wohin der Hase läuft*" gebeten haben.
Mich freut's dass dieses Buch so gut gefallen hat. Liegt wohl daran, dass Viele meinen, die kurze Form sei meine Stärke. Und das Fabulieren.
Nun ist der Ehrgeiz eines jeden Autoren es immer wieder besser zu machen als im voran gegangenen Werk. Darum wird hier noch wilder fabuliert und es werden Orte und Epochen durcheinander geworfen. Hier tummeln sich in meiner *Schönen Bunten Welt* Menschen und Ereignisse aus der ganzen Welt und aus unterschiedlichen Epochen. Die *LeserInnen* (ich bemühe mich um politische Korrektheit, was manchmal gelingt) tauchen ein in die lautlose Welt unter Wasser und in die staubtrockenen Wüsten, in die irreal virtuelle Welt des *World – Wide - Web*. Sie fiebern mit Nebukadnezar um die hängenden Gärten der Semiramis. Sie lernen Odysseus kennen. Sie besuchen ein Jazzkonzert in Nizza, werden in Kölns Fußgängerzone von Radfahrern angefahren und lassen sich von Marfalda die Zukunft vorhersagen. Aus der Vergangenheit berichtet

Leda über die Erektionsstörungen des Schwans. Auch Odysseus taucht auf.

Sie werden als Leser/In also ziemlich hin- und her geschubst von einem Ort zum anderen, von einer Epoche zur anderen. Ich wünsche Ihnen viel Spaß beim Eintauchen in diese, etwas andere, Geschichte der Menschheit.
*Olaf Clasen*

# 1
## URSPRUNG

Wie fing es an mit unserer Schönen Bunten Welt?
Da gibt es unterschiedliche Ansätze: Die Bibel erzählt von einer anstrengenden 6-Tagewoche des überfleißigen Herren, plus einem Ruhetag. Klingt ein bisschen bieder. Wie ein gut ausgehandelter Kompromiss zwischen Arbeitgebern und Arbeitnehmern.
Da haben sich die Physiker, allen voran Albert Einstein, schon mehr einfallen lassen. Komplexe Theorien mit gekrümmten Räumen und einem Continuum von Zeit und Raum, schwarze Löcher, die alles aufsaugen. Einschließlich einer Ursuppe. Alles Vorgänge, die unser mittelmäßiges Gehirn kaum verarbeiten kann.

Dabei war es sehr einfach:
Alles begann mit dem Urknall. Mutter Natur hatte einen Orgasmus.


Siehe auch:
Gustave Courbet
*Der Ursprung der Welt,* 1866
Öl auf Leinwand, 46 x 55 cm.
*Musée d'Orsay*, Paris

# 2
## MICROCOSMOS

Nizza an der Côte d'Azur. Jazzkonzert in einem schönen Kellergewölbe. Eine Bühne bestückt mit Mikrofonen und Scheinwerfern, wie es sich gehört. Stuhlreihen für ca. 50 Zuhörer.
Der Galerist Jacques D., der die Konzerte organisiert, hat stets etwas Besonderes zu bieten.
Heute ist es eine Jazzband aus Italien. Aus der benachbarten Lombardei, nahe Turin.
Die Gruppe besteht aus 4 Musikern. 1 Saxophonist, der das Zentrum der Bühne einnimmt und eindeutig der Boss ist. Schräg hinter ihm der Schlagzeuger, der trägt ein komisches kleines Hütchen, unregelmäßig kariert. Ein Bassist mit grauen Bartstoppeln und Glatze. Und ganz links auf der Bühne die Pianistin, die gleichzeitig die Stimme der Band ist. Wunderschöne rote Haare fallen ihr bis tief auf den Rücken. Außerdem ist sie eine Jazzmusikerin vom Feinsten.
Der Saxofonist stellt die Band vor und erzählt dass sich die Musiker zusammen gefunden haben um den ganz ursprünglichen Jazz aus New Orleans wieder aufleben zu lassen. Dem französischen Publikum zuliebe spricht er in einem schrecklich, unverständlichen Französisch. Das veranlasst mich zu meinem ersten Zwischenruf:

„Bitte sprich italienisch mit uns, damit wir dich verstehen."
Der Saxofonist erzählt nicht nur die Bandgeschichte, sondern er sagt auch das folgende Stück an.
Titel, Komponist, Jahrgang.

Dann: und eins... und zwei... und drei... und vier... Nichts geschieht. Dann nochmal:
... und eins... und zwei... und drei.. Er tappt einmal kräftig mit dem Fuß auf den Boden. Nichts...
Urplötzlich haut die Pianistin in die Tasten. Ein rasanter Einsatz, der die Band mitreißt. Unwiderstehlich. Energiegeladen. Und diese präzis artikulierende Stimme. Sie singt als sei sie die Muse sämtlicher Musiker dieser Welt. Die Frau reißt die drei anderen mit. Wie ein Wildbach nach einem Gewitter.
So wiederholt es sich bei jedem Song. Der Mann ist der Boss. Er steht im Vordergrund. Er gibt die Befehle. Aber sie, die Pianistin weiß wann genau der magische Augenblick ist um anzufangen.
Nachdem alle 20 Stücke durchgespielt sind, ist das Publikum begeistert. Der Saxophonist macht noch ein bisschen Stimmung. Er erzählt wie und wann sich diese Band zusammen gefunden hat und welches ihre musikalischen Ziele sind. Diesmal spricht er tatsächlich italienisch und das Publikum versteht ihn.
Sie hätten viele gute Engagements sowohl in Italien, wie in Frankreich, manchmal würden sie auch in Deutschland oder den Niederlanden gebucht. Aber wie überall, gäbe es auch hier, neben dem Erfolg, ein paar Schwierigkeiten. Zum Beispiel bei der Abrechnung:

„Ist eigentlich ganz einfach. Wir sind vier. Also wird der Kuchen in vier Viertel geteilt. Jeder bekommt das Gleiche. Aber Nee: die Sängerin/Pianistin beansprucht zwei Anteile für sich."
Ich erlaube mir den zweiten Zwischenruf: „Schon OK. Wir haben längst bemerkt, sie ist der Boss."

Der kleine Microcosmos dieser Jazzband ist das perfekte Abbild der Gesellschaft in der wir leben. Männer tun als ob sie dirigieren. Aber Frauen entscheiden.
War ein erkenntnisreicher Abend in Nizza.

# 3
## BEI DEN LOTUSESSERN

*Dies geschah Anfang der 1960er Jahre. Tunesien hatte sich gerade seine Unabhängigkeit vom Kolonialherren Frankreich erkämpft. Noch gab es keine Infrastruktur und keinen organisierten Tourismus. Das Land musste sich neu erfinden. Ich reiste mit der Bahn von München durch Österreich, über den Brenner und den ganzen Stiefel hinunter bis nach Palermo. Von dort mit dem Fährschiff nach Tunis. Von Tunis in einem überfüllten Sammeltaxi in die Hafenstadt Sfax. Von Sfax über Nacht auf einem knarzenden Lastensegler nach Houmt Souk, dem größten Hafen auf der Insel Djerba. Wir mussten sehr früh morgens mit der Flut im allzu flachen Wasser des Hafens von Houmt Souk einlaufen. Damals war es ein Abenteuer nach Djerba zu reisen.*
*Aber das wäre eine andere Geschichte.*

Autoren aller Epochen haben versucht, das Geheimnis der Insel Djerba zu beschreiben. Alle haben mehr oder weniger kapituliert vor dem außergewöhnlichen Zauber dieses tunesischen Eilands.
Dem afrikanischen Festland nur wenig vorgelagert war diese Insel immer leicht über einen schmalen Streifen flachen Wassers zu erreichen. Vor rund 2000 Jahren bauten dann die Römer den soliden Damm, der die Insel

auch heute noch mit dem Kontinent verbindet. Djerba ist bereits seit grauer Vorzeit besiedelt gewesen. Ein außergewöhnlich mildes Mikroklima schafft sehr günstige Lebensbedingungen sowohl für die Menschen, als auch für die Pflanzenwelt. Die Luft scheint weicher zu sein als anderswo. Die Sonne strahlt hell, ohne zu brennen. Selbst mitten im Hochsommer weht eine leichte Brise vom Meer her. Man sagt, die Gedanken würden hier leichter schweben. Die Menschen gehen mit lächelnder Freundlichkeit aufeinander zu. Viele Obstsorten gedeihen hier auf das Prächtigste. Granatäpfel schimmern tiefrot aus dem grünen Laub. Pfirsiche, Aprikosen und Feigen werden süßer als anderswo. Die schmackhafte Apfelsorte *La Douce* mag sogar der Ursprung für die Legende der Paradiesfrucht gewesen sein, darüber streiten sich die Experten. Hoch oben in den grünen Wipfeln der Dattelpalmen schaukeln die goldenen Dolden. Die Sonnenuntergänge sind besonders farbenfroh und lassen das meist stille Meer schimmern als sei flüssiges Gold ausgegossen worden. Im Laufe der Zeit bildete sich ein Menschenschlag heraus, dessen grenzenlose Gastfreundschaft nirgendwo ihresgleichen findet. Schon in der Antike hat dieses paradiesische Eiland so manchen verzaubert.

Homer, der Schöpfer griechischer Legenden und anerkannter Berichterstatter seiner Zeit beschrieb Djerba in seiner Odyssee als die "Insel der Lotusesser". Die Umgebung und die Menschen erschienen ihm so liebenswert, dass er glaubte, die Bewohner würden sich ausschließlich von Blütenblättern ernähren. Diese Metapher von den Lotusessern war ein genialer Kunstgriff um das Besondere der Insel zu umschreiben. Homer kam dem Geheimnis der magischen Insel etwas näher, indem er die Pforte zum Imaginären aufstieß.

Aber selbst der einfallsreiche Homer konnte die Abreise seines seefahrenden Helden nicht überzeugend darstellen. Odysseus hatte unendliche Schwierigkeiten zu überwinden, sich und die Kameraden von diesem Eiland loszureißen, um zur einsamen Penelope und seinem Königreich Ithaka zurückzukehren. Jeden Tag erfand der große Seefahrer neue Vorwände, um die Abreise zu verzögern. Mal war es die Windrichtung, mal waren es die Gezeiten, und manchmal musste eine Krankheit herhalten, um nochmals abzuwarten. Schwierigkeiten über Schwierigkeiten legte der listige Odysseus zwischen sich und die geplante Abreise. Gab es eine geheimnisvolle Geliebte von der die Welt nichts erfuhr?

Früher bin ich häufig als Fotograf auf die Insel der Lotusesser gereist, um den außergewöhnlichen Charme der traditionellen Architektur und die Farbenspiele der Sonnenuntergänge einzufangen. Oft ging es mir um die Zwischentöne zwischen dem knalligen Weiß der Minarette und dem tiefblauen Himmelszelt, um Schattenspiele in den Durchbrüchen zwischen sehr grellem Sonnenlicht und Reflektionen auf frisch gekalkten Wänden, oder es ging um den Fischer, der mit seinem runden Wurf Netz die niedrigstehende Sonne einfing. Immer stand ich unter Zeitdruck und verfolgte genau umrissene Ziele. Dann hatte ich einige Jahre lang keinen Kontakt zur Insel Djerba. Bis ich eines Tages zurückgekehrt bin mit einem Touristenflug, ganz ohne berufliche Gründe, ohne Aufgaben. Ich ließ mich mit treiben in der Menge der Touristen. Ohne jeden Zeitdruck konnte ich mit offenem Geist umherwandern. Ich nahm Eindrücke auf, die mir bisher entgangen waren.

Ich bummelte von Houmt Souk, der größten Ansiedlung der Insel, auf einem staubigen Sträßchen in Richtung der Hafenmole. Neben dem antiken Hafenbecken ist eine winzige Bucht.
Im flachen Wasser schaukelten träge einige verrottete Holzplanken. Algen und Muscheln hatten sich an den auseinandergefallenen Teilen festgesetzt. Die Algen und das schwarz verfärbte Holz schwappten in der leichten

Dünung so hin und her, dass der Umriss des Wracks nicht mehr auszumachen war.

Der Greis, der dort im Sand saß und mit einem Stock im schmutzigen Brackwasser herumstocherte zog mich in ein hirnloses Palaver, das mehr einem Monolog als einem Gespräch glich. In einem fast unverständlichen Sprachwirrwarr versuchte er mir die Geschichte seines misslungenen Lebens zu erzählen. Er plapperte so wirr vor sich hin, als sei sein Gehirn durch die heiße Sonne und grausame Erlebnisse stark geschädigt worden. Sein Schiff, so brabbelte er, sei nicht mehr zu reparieren und ihm fehle die Energie, um ein neues zu bauen. Seine Kameraden seien einer nach dem anderen gestorben und lägen schon lange unter der Erde. Er selber lebe von den milden Gaben der Anwohner, die ihm aus Mitleid zu essen und zu trinken brächten und das bereits seit langem.

Das graue Meersalz fiel in dicken Schuppen von seinen bronzefarbenen Beinen. Um seine Füße herum stapelte sich schmutziges Geschirr auf dem fette Fliegen mit grünen Bäuchen ein orgiastisches Fest feierten. Da saß er, schaute apathisch zu, wie die letzten Planken zu Spänen zerfielen und plapperte weiter unverständliches Zeug.

Ich antwortete einsilbig oder gar nicht, während er in seinem merkwürdigen Dialekt, in dem sich alle Idiome des Mittelmeerraumes vermischten, ohne Punkt und Komma lamentierte. Er jammerte nicht nur über seine augenblicklichen Lebensumstände, nein, auch in der

Vergangenheit wäre ihm viel Unglück zugestoßen. Obwohl ich den Alten kaum verstehen konnte, wurde doch klar, dass er sich zu Höherem berufen fühlte, als hier zu sitzen und auf das Wasser zu starren. Ich lauschte dem durchgedrehten Greis nur halbherzig, während meine Gedanken sich selbstständig machten und in alle Himmelsrichtungen wanderten. Gegenwart, Vergangenheit und Zukunftspläne vermischten sich zu einem unentwirrbaren Knäuel. Ich dachte an die alten Legenden, die sich die Berber erzählen und an die unsicheren Berichte griechischer und römischer Geschichtsschreiber, die häufig nicht auf Fakten, sondern auf mündlichen Überlieferungen beruhten. Ich ließ meinen Gedanken freien Lauf, während dem Alten monoton die Silben aus dem zahnlosen Mund tropften.

Da bildete sich in einer entfernten Windung meines Gehirns ein erschreckender Gedanke:

Wäre es möglich, dass der große Homer in Wirklichkeit nur ein Schmierenautor war, der die Ereignisse verfälschte und Hollywood zuliebe ein unwahrscheinliches Happy End erfand? Da, wo eine, von ihrem untreuen Ehemann verlassene, Penelope in die sinnlose Heirat mit einem griechischen Reeder getrieben wurde, da erfand Homer einfach die erbauende Geschichte von ewiger Liebe zwischen der treuen Penelope und dem gerissenen Odysseus?

Ich verwarf den absurden Gedanken bald wieder. Was weiß ich schon von Homer, von Odysseus, von Penelope? Alles Legende aus zweiter Hand!

Meine Gedanken kehrten zurück in die Wirklichkeit, als der untere Rand der Sonne in einer prächtigen Farbsymphonie ins goldene Meer eintauchte und mich blendete. Der Sonnenuntergang im Gegenlicht machte mich fast blind. Die scharfen Finger eines Palmblattes zerschnitten die letzten Sonnenstrahlen in rot-gelbe Streifen. Die niedrigstehende Sonne brannte in meinen ungeschützten Augen, so dass über dem Meer gelbgoldene Schleier waberten. Der Greis schien in einen weiten Mantel gehüllt der über und über mit Goldstickereien besät war. Im zerzausten Haar des Alten schimmerte eine güldene Krone.

Der Alte stand mühsam auf und grüßte mich mit eleganter Geste. Er bedankte sich fast ironisch:
"Vielen Dank für ihre Aufmerksamkeit. Dieses Gespräch hat mir gut getan." Ich hatte mich kaum beteiligt, hatte den Alten monologisieren lassen.
Ein letzter goldener Sonnenstrahl blendete mich noch härter. Als ich mir über die Augen wischte, rieb ich mir ein paar Sandkörner hinein. Ich sah noch weniger im gleißenden Gegenlicht.
 Der Greis richtete sich hoch auf, legte die rechte Hand aufs Herz, so wie es die Berber in feierlichen Momenten tun und stellte sich vor:
"Meine Gefährten nannten mich Odysseus."

# 4
## BABYLON, der neunte Tag

*Babylon, ca. 600 vor Chr.* König Nebukadnezar II regierte mit glücklicher Hand. Das babylonische Reich stand in voller Blüte. Es herrschte seit Jahrzehnten Friede mit den Nachbarvölkern. Die Bewohner hatten ausreichend zu essen, die Steuern drückten nicht allzu hart. Der König war beim Volk beliebt.

Auch innerhalb der Mauern des Palastes stand alles zum Besten. Die begabtesten Baumeister der damaligen Welt hatten das gigantische Gebäude erschaffen. Die größten Künstler hatten es eingerichtet. Es fehlte an nichts. Der Luxus war nicht zu überbieten. Mächtige Säulen trugen das gewaltige Kuppeldach. Ein ausgeklügeltes Lüftungssystem machte, dass auch an heißen Tagen in den Hallen und Gemächern eine angenehme Temperatur herrschte. Die allzu warme Luft wurde nach oben durch ein Röhrensystem hinaus geleitet, während unten, knapp über dem schattigen Boden kühle Luft angesaugt wurde und so in einem beständigen Kreislauf frischer Luftzug durch den Palast geführt wurde. Die Wände waren geziert von farbig bemalten und glasierten Kacheln, die, fast fugenlos zusammengesetzt, großflächige Wandbilder formten. Sie stellten Fabeltiere dar und Mythen aus der babylonischen Geschichte. Ein tiefes beruhigendes Blau dominierte, ihm waren Ocker- und Gelbtöne gegenüber gestellt. Trotz der mythologischen Fabeltiere strahlten die meisten Räume des Palastes eine beschwingte Leichtigkeit aus. Der König fühlte sich wohl und der Hofstaat war ihm zu Diensten und schmeichelte ihm. Die königlichen Privatgemächer waren mit allem vorstellbaren Prunk und mit jeder Bequemlichkeit eingerichtet. Privatgemächer und die öffentlichen Empfangshallen waren durch ein System von Treppenaufgängen und Emporen klug voneinander getrennt. Das Personal am Hof war sehr gut ausgebildet und streng hierarchisch organisiert und in zwei Gruppen eingeteilt. Die Dienerschaft in den privaten Königsgemächern und die für die großen Repräsentationshallen waren nicht identisch, wurden aber gleich gut entlohnt. Verschwiegenheit war für die Dienerschaft selbstverständlich, egal ob sie dem Herrscherpaar in ihrem Privatleben dienten, oder die ausländischen Gesandten vor den Herrscher führten. Jeder half jedem. So wollten es Hammurabis Gesetze. Es gab so gut wie keine Missgunst am Hofe.

Es hätte alles wunderbar sein können, wäre da nicht ein Schatten gewesen, der das private Glück des Herrschers verdunkelte. Der König Nebukadnezar war ein muskulöser Mann von herrschaftlicher Statur mit schön geflochtenem Bart. Eine starke gerade Nase war ein gutes Pendant zu seinem energischen Kinn. Das Gesicht des Königs war ungewöhnlich gleichmäßig geschnitten, so als hätte es ein großer Bildhauer aus einem weichen Stein gehauen. Das purpurne Königsgewand umhüllte seinen athletischen Körper und schmeichelte ihm mit einem großzügigen Faltenwurf. Die goldene Krone trug der König nur, wenn er ausländische Botschafter empfing oder vor der heimischen Aristokratie Recht sprach. Im Privatleben war ihm das üppige, zweimal täglich frisch geflochtene Haar Schmuck genug. Der König war, nicht nur wegen seines Königsamtes, sondern auch durch seine Weisheit, zum mächtigsten Mann seiner Zeit geworden. Der mächtigste Mann hatte, wie es sich gehört, die schönste Frau geheiratet.

Semiramis war, obwohl es in der Weltstadt Babylon von schönen Frauen wimmelte, eine herausragende Erscheinung. Die Königin schritt königlich, hoch erhobenen Hauptes. Ihr Körper hatte jene Proportionen, die sich die Künstler als Vorlage für ihre idealisierenden Werke wünschten. Ihre Haut war glatt und hellbraun von der Stirn bis an die Zehen. Ein stolzes Haupt mit hohen Wangenknochen und tiefschwarzen Gazellen Augen und eine üppige dunkle Haarpracht schwebten auf einem langen, sehr geraden Hals. Der König liebte seine Königin nicht nur wegen ihrer Schönheit, sondern auch wegen der Lebendigkeit ihres Geistes und der wilden Sinnlichkeit ihrer Gliedmaßen. Für den König Nebukadnezar war die schöne Semiramis die Erfüllung all seiner Wünsche.

Der König war, ganz unköniglich, bis über beide Ohren verliebt.
Aber, trotz allen Glückes hatte der König Zweifel. Er sah allzu häufig über den dunklen Augen der Königin einen Schleier. Es war als ob die schöne Frau durch irgendeine Unzufriedenheit in die Melancholie getrieben würde.
Der König wäre wunschlos glücklich gewesen, wenn er auch seine Frau, die er abgöttisch liebte, hätte glücklich sehen können. Aber weit gefehlt. Die Königin versank, im Laufe der Jahre immer tiefer in ihrer Melancholie und immer häufiger überschattete ein Ausdruck melancholischer Abwesenheit das schöne Antlitz. Der König versuchte seine Gemahlin mit allen Mitteln aufzuheitern. Er erzählte überraschende Geschichten aus allen Winkeln des Reiches. Die Reichen, die Armen, ja selbst die Aristokraten, waren ihm recht für eine Anekdote. Die Weber fertigten die feinsten Stoffe für die Gewänder der Königin. Die besten Goldschmiede der Welt schufen ihren üppigen Schmuck. Keine andere Frau konnte solche Reichtümer ihr eigen nennen. Semiramis wurde überschüttet mit wundervollen Geschenken. Außerdem ließ der König die feinsten Speisen aus aller Welt herankarren. Nachtigallen- Zungen und die Bäckchen edelster Fische gehören zum Speiseplan im Palast. Von den höchsten Gipfeln der Berge schleppen Stafetten Träger in Bastmatten gewickelte Eisbrocken in den Palast um die feinen Speisen zu kühlen. Auch wenn auf dem langen Weg der größte Teil der Fracht verloren ging, blieb immer noch genügend Eis für die Tafel

des königlichen Paares. Der König bestellte die besten Musikanten der Welt in den Palast, ebenso wie die schönsten Tänzer und Tänzerinnen. Erfreute die Königin sich mehr an männlichen oder weiblichen Körpern? Im Palast wurden rauschende Feste gefeiert. Die ausländischen Gesandten waren tief beeindruckt vom Luxus am Hofe des Nebukadnezar. Schon munkelte das Volk, der König würde den Heiligen Gesetzeskodex des Hammurabi missachten.

Aber nein, der König hielt sich strikt, soweit ihm das möglich war, an den uralten Gesetzestext während er versuchte die Königin zu erheitern. Trotz aller Anstrengungen des Königs blieb die schöne Semiramis melancholisch. Der König konnte den Grund für ihre Melancholie nicht erraten, so sehr er auch grübelte.
War er seiner Frau ein guter Liebhaber? Daran konnte ein König nicht zweifeln. Schließlich war er Erster unter den Männern des Reiches und selbst die Könige der fernen Nachbarländer hatten sich ihm unterworfen. Die Konkubinen in seinem Harem waren begeistert von der Stärke seines Gliedes. Warum sollte Semiramis nicht zufrieden sein? War es die Großstadt, die zu heiß und zu staubig war? Also die Hitze, der Staub? Lehmfarbene Gebäude wohin das Auge sah. Ein paar hell schimmernde Marmorfassaden zwischendurch. Wie glitzernde Edelsteine im Wüstensand. Nebukadnezar wusste, dass die Lieblingsfarbe der Königin Grün war. Könnte er sie

aufheitern mit einer grünen Oase mitten in der Stadt? Er zog seine Baumeister zu Rate. Es gab zu wenig Platz in der Hauptstadt und außerdem zu wenig Wasser, um Pflanzen und Obstbäume ausreichend zu bewässern.

## *ADADRABI*

Nach einigen Tagen der fruchtlosen Beratung, mit den zehn größten Baumeistern des Reiches bat der Architekt Adadrabi um zwölf Tage Bedenkzeit. Er glaubte, nach dieser Schaffenspause dem König einen Vorschlag machen zu können. Und tatsächlich, Adadrabi zog sich in seine Villa am Euphrat zurück und überraschte am dreizehnten Tag den König mit einem nie dagewesenen Projekt.
Adadrabi hatte ein stufenförmiges Gebäude mit übereinander gestapelten Terrassen entworfen. Auf jede Terrasse sollte eine dicke Schicht Asphalt zur Abdichtung gegossen werden und darauf gute Flusserde gelegt. Dazu ein kompliziertes Bewässerungssystem, das zuerst über zwei Kanalröhren Wasser von Euphrat und Tigris heran schaffte und dann dieses Wasser über ein kompliziertes Hebesystem auf die oberste Ebene pumpte von wo aus es über viele verästelte Röhren von einer Terrasse zur andern herab laufen und dabei die Erde reichlich bewässern sollte. Alle sieben Terrassen würden gleichmäßig bewässert. So könnte sich Babylon mit einem hochaufragenden grünen Garten mitten in der Stadt schmücken. Dies würde ein Weltwunder sein und jedermann einschließlich der schönen

Königin Semiramis begeistern. Die gerechte Verteilung des Wassers hatte sich Adadrabi von dem Jahrtausende altem Bewässerungssystem in den Oasendörfern abgeschaut. Weise ländliche Traditionen in eine quirlige Großstadt zu übertragen war mit großem Risiko verbunden.

Ein solches Bauwerk hatte es niemals gegeben. Es gab kein Beispiel dafür, dass dieser Entwurf gebaut werden könnte.

Adadrabi war kein Schmeichler. Daher traute Nebukadnezar ihm. Adadrabi machte dem König keine unglaubwürdigen Versprechen. Im Gegenteil. Er warnte den König Nebukadnezar schon bei der ersten Unterredung vor den unglaublich hohen Kosten, die er nicht völlig absehen könne. Ebenso wäre es unmöglich einen verbindlichen Termin zur Fertigstellung zu geben. Der König müsse grundsätzlich, als absoluter Herrscher entscheiden, entweder nein, ich mache das nicht. Oder ja. Dann müsse er mit den Folgen leben. Dies war eine sehr schwierige Unterredung bei der sich Adadrabi auf Augenhöhe mit seinem König begab. Aber gerade wegen dieses augenscheinlichen Mutes wusste der König seinen Baumeister noch mehr zu schätzen.

Wenn der König, trotz aller Unvorhersehbarkeit dieses einzigartige Gebäude errichten wolle, dann müsse er dem Unternehmen den gesamten Staatsschatz zur Verfügung stellen. Adadrabi könne Morgen beginnen und mit der Unterstützung des Königs das Notwendige organisieren um das Bauwerk so schnell wie möglich voranzutreiben. Garantien gäbe es nicht.

Der König war ein ambitionierter Mann, der Schwierigkeiten nicht sehen wollte, da er sich sicher war, jedes Problem lösen zu können. Außerdem war er getrieben von dieser grenzenlosen Liebe zu seiner Königin. Sie einmal zum Lächeln zu bringen, war immer noch sein ganz großer Traum. Den Unterschied zwischen Wunsch und Traum kannte die babylonische Sprache nicht.

Also gab er, ohne zu zögern, den größten Bauauftrag der Geschichte. Nebukadnezar setzte kein Kontrollgremium ein, es gab auch keine Rentabilitätsberechnungen. Eine Entscheidung allein aus dem Bauch getroffen, wie fast alle großen Entscheidungen der Weltgeschichte.
„Adadrabi Du erhältst alles Gold, das Du benötigst, außerdem so viele Arbeiter, wie Du möchtest und Tausende von Sklaven. Aber mache das Semiramis' Hängende Gärten so rasch fertig werden, wie möglich und dass das Wasser gleichmäßig von oben nach unten fließt. So geh´ jetzt und beginne Dein Werk."
Adadrabi ging und versammelte um sich alle Gelehrten des Reiches. Die Mathematiker, die Physiker, die Astronomen und alle guten Baumeister. Handwerker die mit allen Materialien wie Lehm, Asphalt, Marmor, Holz und allem anderen, das beim Bau Verwendung finden würde, umgehen konnten. In einem zweistöckigen Gebäude,

neben dem Königspalast richtete Adadrabi die größte Denkfabrik des Altertums ein. Noch sagte man nicht Think Tank.

Adadrabi befragte alle Wissenschaftler. Er ließ jeden Gedanken, jedes Problem und jede Lösung durch seine Schreiber notieren. Nach sechs Monaten heftigsten Palavers, es gab auch Gegner des Projektes, war der erste grobe Plan fertig gestellt. Der König verlangte einen Bau für die Ewigkeit, der nicht nach wenigen Jahrzehnten wieder verfiel. Also mussten Millionen von im Feuer gebrannten Lehmziegeln her. Sonnengetrockneter Lehm, so wie er für die profanen Gebäude verwendet wurde, würde nicht dauerhaft genug sein.

Also ließ Adadrabi am Stadtrand erst einmal 150 Brennöfen errichten. Zusätzlich musste die Logistik organisiert werden, um das Brennholz aus allen Teilen des Landes nach Babylon zu schaffen. Außerdem sollten neue Lehmgruben an Euphrat und Tigris geöffnet werden.

Der Plan. Der Lehm. Das Brennholz. Damit waren die wichtigsten Voraussetzungen geschaffen. Jetzt machte sich Adadrabi an die Arbeit. Die Arbeiter und Sklaven wurden in Zehnergruppen eingeteilt, jeweils mit einem Anführer. Zehn Zehnergruppen bekamen jeweils einen Oberanführer. Es wurden Aufseher und Zahlmeister gebraucht. Die Arbeiter wurden nicht nach ihrer Arbeitszeit, sondern nach der erbrachten Leistung bezahlt. Eine aufwendige Kontrolle und Buchhaltung wurde notwendig. Das gesamte erste Jahr verbrachte Adadrabi damit, sein gigantisches Unternehmen vorzubereiten. Kopfarbeit, die noch kein sichtbares Ergebnis zeigte. Trotzdem traute ihm der König weiterhin.

Dann kam der Tag, an dem das Fundament gelegt wurde. Adadrabi ließ seine Leute machen. Er wandelte, mal lobend, mal unzufrieden, mit strengem Blick an den straff gespannten Schnüren entlang, neben die die Lehmziegel gemauert wurden. Babylons Bevölkerung staunte. Niemand konnte aus dem Gewirr der Linien am Boden herauslesen, was hier am Entstehen war. Aber man hatte Vertrauen in den König. Nebukadnezar würde schon wissen, was er tat.

Nachdem das Fundament gesetzt war ging die Arbeit ziemlich rasch von statten. Trotzdem wurde das Fundament immer wieder verstärkt, vertieft und verbreitert. Es schien unmöglich im Vorab zu berechnen wie schwer das komplizierte Gebäude aus gebrannten Ziegeln, Marmorstreben, Asphalt und Lehmerde wiegen würde. Also legte Adadrabi das Fundament für den schlimmsten aller denkbaren Fälle an. Sparzwänge gab es nicht, solange der König voll und ganz hinter dem Projekt stand.

Semiramis beobachtete auf ihren Spaziergängen neugierig den Fortschritt der Arbeiten. Eines Nachts, nach einem besonders zärtlichen Moment im königlichen Gemach, bat Semiramis ihren Gatten bei der Gestaltung der wunderbaren Gärten ein Wörtchen mitreden zu dürfen. Schließlich würden sie zu ihrem Gefallen errichtet. Der großmütige König, seiner Frau gegenüber naiv, sah eine

Gelegenheit seine Geliebte zu beglücken. Er schlug ihr vor, tagsüber die Gemächer am äußersten östlichen Rand des Palastes, von denen aus man einen unbehinderten Blick auf die Baustelle genoss, zu beziehen. Der König war glücklich, sein Plan schien sich zu verwirklichen. Diese Nacht machten sie Liebe länger und schöner als je zuvor. Zwanzig starke Diener des königlichen Haushalts schleppten Möbel, Kissen, Vorhänge, einen Arbeitstisch mit Stühlen, ein Regal für die Papyrusrollen und all das, was eine arbeitsame Königin brauchte durch die langen Gänge des Palastes. Es dauerte nur fünf Tage und die Königin hatte ihr Refugium so eingerichtet, wie sie es wünschte. Der mittäglichen Hitze wegen, gab es auch eine opulente Bettstatt, auf der sie ruhen könnte, wenn die Tage zu anstrengend werden würden. Den großen Tisch ließ die Königin direkt ans Fenster stellen, damit sie ohne Umstände die Theorie des Plans mit der Realität der Baustelle vergleichen konnte.

In den ersten Tagen beobachtete Semiramis ihre Baustelle schräg von oben. Sie verließ auch zweimal täglich ihren Palast um die Perspektive zu wechseln und das Bauwerk von der Seite zu sehen. Semiramis hatte sehr schnell begriffen, dass ihr Baumeister Adadrabi ein sehr feines Gespür für Proportionen besaß. Außerdem vernachlässigte er wegen der Ästhetik niemals das Praktische. Dieses Bauwerk, das vor ihren Augen entstand, war sowohl wuchtig, wie auch elegant. Die Funktionen der einzelnen Simse, Vorsprünge und Erker, ebenso wie die Maschinen aus Holz mit Winden und Gegengewichten, Schaufeln und schwerfälligen Gefäßen aus Tierhaut und Holz konnte Semiramis nicht verstehen. Aber dafür war Adadrabi auf der Baustelle, dass er seiner Königin Rede und Antwort stand.

Adadrabi war ein stolzer Mann der sich sehr viel auf seine Wissenschaft einbildete. Er war schlank und hochgewachsen mit strahlenden, hellen Augen, einer sehr hohen Stirn und einem energischen Kinn. Seine vollen Lippen unter der geraden Nase hatten etwas Wollüstiges.

Adadrabi konnte mit sehr wenig Schlaf auskommen. Er war morgens der Erste auf dem Bauwerk, wenn die frühen Strahlen der Sonne die halbfertigen Mauern küssten und abends schritt er noch, in Gedanken versunken, über die Terrassen, wenn das letzte Dämmerlicht am Horizont versank. Semiramis konnte Nebukadnezar berichten, dass der Baumeister seinen königlichen Lohn sehr wohl verdiente.

Es war für Semiramis spannend zu lernen, wie diese Wasserhebemaschinen funktionierten. Wirkliche Wunderwerke, die das träge Wasser nach oben strömen ließen, damit es dann wieder alle Terrassen von oben nach unten berieseln konnte.

## VERRAT

Die Gemächer mit dem Blick auf die Baustelle der Hängenden Gärten waren ebenfalls mit dem ausgeklügelten Belüftungssystem ausgestattet, das die Temperatur auch an heißen Tagen angenehm kühl erscheinen ließ. Semiramis hatte die Wände mit wehenden Schleiern verhängen lassen. Auch vor den Fenstern wehten hauchfein gewebte Tücher, die den Staub fern hielten. Semiramis bequeme Ruhestätte war übersät mit Kissen aller Größen in den wunderbarsten Farben, zum Teil Gold- und Silber durchwirkt. Dieses Gemach war ein paradiesischer Ort um die Arbeit auf der Baustelle zu beobachten und gleichzeitig die Entwürfe des Baumeisters durch eigene Ideen zu ergänzen.

Die Königin war meist in ein fließendes blaues Gewand gekleidet. Sie trug einen kostbaren Haarschmuck, eine leichte Krone aus feinen Goldfäden in die Perlen eingeflochten waren. Semiramis verbrachte ihre Tage von Sonnenaufgang bis Sonnenuntergang in diesem kreativen Refugium. Ihre liebste Dienerin Nawaritum brachte regelmäßig zu Essen und zu Trinken. Kleine gebackene Vögel, frisches Obst aus den Palastgärten, gekühlter Wein, verdünnt mit kühlem Wasser genoss die Königin am liebsten. Nur zur Nacht zog die Königin Semiramis sich zu ihrem Gatten in die königlichen Gemächer zurück.

An besonders heißen Tagen, wenn der Wind aus der Wüste kam und die Luft in der Stadt voll Staub war, dann konnte

es schon geschehen, dass auch Adadrabi die Kühle des Arbeitsgemachs suchte und von Semiramis Fenster aus den Fortschritt der Arbeiten überwachte. Semiramis zeigte ihrem Baumeister auf dem Plan, wo sie Abänderungen wünschte. Semiramis hatte, wegen der vielen Gespräche, ein Gespür für die Proportionen des Bauwerks entwickelt. Da ihre Vorschläge oft sinnvoll waren und sie außerdem die Herrscherin war, ging Adadrabi so manchen Kompromiss ein. Wenn der Baumeister einer Veränderung an seinem Plan zustimmte, dann verband er seine Zustimmung mit ausführlichen Komplimenten an die Klugheit der Königin.
Zu Beginn kamen seine persönlichen Worte nur zögerlich. Das Gesetz erlaubte es nicht, die Herrscher mit Persönlichem anzusprechen. Da die Königin seine Schmeicheleien mit einem Lächeln entgegen nahm, wurde Adadrabi langsam mutiger. Eines Tages wagte er es sogar der schönen Frau ein Kompliment über ihr Aussehen zu machen. Eigentlich eine Unmöglichkeit am Hofe, die die härtesten Strafen nach sich ziehen konnte.
Die Regeln verlangten sich dem königlichen Paar nur gesenkten Hauptes zu nähern und die Augen auf den Boden geheftet zu halten, während man die königlichen Fragen beantwortete. Allein der König und die Königin bestimmten über den Inhalt des Gesprächs. Das hatte schon der weise Hammurabi in seinem 282 Paragraphen umfassenden Gesetzeskodex so festgelegt.
Eines Tages, nach einem langen kontroversen Gespräch über die Funktionen der Wassermaschinen konnte

Adadrabi nicht an sich halten und ergänzte seine Zustimmung zu Semiramis Vorschlag:
„So kluge Worte von so schönen Lippen zu hören, ist für mich das größte Geschenk dieses Tages."
Die Königin kam die drei Schritte, die sie vom Baumeister trennten, auf ihn zu und strich ihm sanft über das schön geflochtene Haar.
Adadrabi der Frauen generell sehr zugetan war und den die schöne Semiramis von Anfang an stark bewegt hatte, war einen Moment überrascht. Eine solche Geste am streng überwachten Hof war einem Erdbeben gleich zu setzen. Und trotzdem wagte es Adadrabi die Hand seiner Königin mit seiner eigenen zart zu berühren. Ihre Blicke trafen sich, für einen kurzen Moment mit großer Intensität. Dann schlugen sowohl Adadrabi wie auch Semiramis die Augen nieder.
Es war ungeheuer was da soeben geschehen war.
Würde dieser Augenblick den Fortgang des ganzen Projekts in Frage stellen?
Wortlos entschieden beide gleichzeitig so zu tun, als sei nichts geschehen. Sie wandten sich wieder ihrer gemeinsamen Arbeit zu und besprachen, was zu besprechen war.
Für beide war es eine große Befriedigung zu sehen, wie die Arbeiten auf der Baustelle schnell voran schritten. Adadrabi, mit seinen überragenden Kenntnissen, besaß eine natürliche Autorität gegenüber den Arbeitern und Vorarbeitern. Seine Befehle wurden jeweils ohne Murren

ausgeführt. Die schöne Königin an seiner Seite addierte so etwas wie die göttliche Unfehlbarkeit hinzu.

Die technischen und konzeptuellen Gespräche zwischen Adadrabi und Semiramis wurden immer offener und intensiver. Bald scheute sich der Baumeister gar nicht mehr seiner Königin offen zu widersprechen. Seine Frechheit federte er durch ein schönes Kompliment ab. Semiramis ließ das geschehen. Manchmal setzte sie sich mit klugen Gedanken durch. Manchmal schmeichelte sie dem Architekten mit einer sanften Berührung. Was sich da entwickelte zwischen den beiden, blieb allen anderen am Hofe verborgen. Denn wenn Nawaritum mit frischen Speisen kam, längst wusste sie, dass die Mahlzeiten für zwei reichen sollten, dann saßen Semiramis und Adadrabi in unterschiedlichen Ecken des Raumes.

An einem besonders warmen Tag, nach einem arbeitsreichen Vormittag, legte sich Semiramis zu einer wohlverdienten Ruhepause auf die weiche Lagerstatt.

„Du bist nicht müde, Adadrabi, mein Freund?" fragte sie.

Ohne zu antworten raffte der Baumeister sein langes Gewand zusammen und legte sich neben seine Königin. Beiden schoss es durch den Kopf, dass sie das Lager nie und nimmer teilen durften. Semiramis erriet die Unsicherheit ihres Architekten und legte eine beruhigende Hand auf seine linke. Adadrabi zuckte nicht zurück, sondern legte seine rechte Hand auf Semiramis Hand. Ja, er rückte sogar ein Stückchen näher zu ihr.

Es hätte nicht sein sollen, aber es geschah. Semiramis drehte sich zu Adadrabi und er sich zu ihr. Sie sahen sich in die Augen und erblickten beide gleichzeitig eine tiefe Sehnsucht. Sie rückten näher auf dem bequemen Lager und umarmten sich. Jetzt war die Natur nicht mehr zu stoppen. Adadrabi erhob sich noch einmal kurz, um die Tür zum Gemach zu verriegeln. Dann legte er sich zu Semiramis und sie taten all das, was eine verheiratete Königin nicht mit ihrem Architekten machen sollte.

Als sie spät am Nachmittag aus einem erholsamen Halbschlaf auftauchten, hatte Nawaritum schon mehrmals versucht, die geleerten Platten vom Mittag wieder abzuholen. Sie fand die Tür verriegelt und beschwerte sich bei ihrer Vorgesetzten Gula. Die wiederum sprach ob dieses merkwürdigen Vorgangs mit einem Vizehofmeister. Und dessen Chef informierte den König. Nebukadnezar war sich sicher, dass es eine vernünftige Erklärung für das verriegelte Gemach im Ostflügel geben würde. Nur eines war ungewöhnlich an jenem Abend.

Als die Königin, zur selben Abendzeit wie immer, in die königlichen Gemächer zurückkehrte, wünschte sie, bevor sie sich zu ihrem Gatten legte, ein Bad mit kräftigen Duftblüten. Dieser Tag sei zu heiß und zu anstrengend gewesen. Semiramis habe übermäßig viel gearbeitet und unter der Anstrengung gelitten. Sie müsse sich erst einmal erfrischen. Natürlich konnte der König nicht erraten, dass die vorsichtige Königin, den verdächtigen Duft des Adadrabi wegspülen wollte.

Der König war in blendender Stimmung. Er wusste, wenn seine Frau frisch gebadet war, hatte sie mehr Energie für die Liebe. Und tatsächlich, in dieser Nacht war mehr Leidenschaft zwischen den beiden, als üblich. Semiramis wusste alle Zweifel zu überdecken. Warum die Königin plötzlich so leidenschaftlich war, erriet der in Gefühlsdingen naive König nicht. Semiramis hatte kein schlechtes Gewissen. Warum sollte sie auch? Sie nahm sich nur, was ihr von Natur aus zustand.

Der König Nebukadnezar wähnte sich auf dem richtigen Weg. Schon der Bau der hängenden Gärten schien Semiramis glücklich zu machen. Der König hatte die richtige Entscheidung getroffen, so glaubte er jedenfalls.

Die Hängenden Gärten würden aus der melancholischen Semiramis eine immer strahlende Königin machen. Nebukadnezars Liebesfantasien würden wahr werden.

Zuerst einmal musste weiter gebaut werden. Die Pfeiler und Gewölbe, die die bepflanzen Terrassen tragen sollten verschlangen Unmengen von Ziegeln. Die neu geöffneten Lehmgruben an Euphrat und Tigris konnten die gewaltigen Mengen an gutem Lehm kaum liefern. Die Lehmziegel für die Ewigkeit hart zu brennen, war eine noch größere Herausforderung. So viel Feuerholz wie die 150 Brennöfen am Stadtrand verschlangen war in ganz Babylonien nicht aufzutreiben. Es blieb schließlich keine andere Wahl. Alle Bäume im Reich wurden gefällt, alle Wälder abgeholzt.

Das gab Unruhen überall im Land. Die Händler für Bauholz erhielten keine Ware mehr. Auch blieb es den Bauern nicht verborgen, dass dort, wo die Bewaldung verschwand, der Boden austrocknete und schließlich der Sand vom Wind fortgetragen wurde. Gute Äcker versandeten. Schließlich im dritten Jahr der Bautätigkeit an Semiramis Hängenden Gärten, gab es die erste Hungersnot. Dies war die erste von Menschen gemachte Umweltkatastrophe.

Hatte König Nebukadnezar den Verstand verloren, sein Volk in den Hunger zu treiben nur wegen eines unsinnigen, nutzlosen Bauwerks mitten in der Hauptstadt?

Die schöne Königin und ihr Baumeister spürten nichts von den Nöten der Bürger. Sie lebten längst ein leidenschaftliches Liebesleben in den östlichen Gemächern des Palastes. Jetzt legten sie sich nicht nur an wenigen außergewöhnlichen Tagen gemeinsam aufs Lager. Nein, sie begannen den Tag mit einem Liebesschwur und beendeten ihn damit. Nebukadnezar musste sich zufrieden geben, mit dem was für ihn übrig blieb.

Seine Gemahlin war häufig erschöpft und erklärte das, fast glaubwürdig, sie besaß eine sehr überzeugende Argumentation, mit der anstrengenden Arbeit im Ostflügel und auf der Baustelle. Der König kam fast so weit, sie für ihren gewaltigen Energieaufwand zu bedauern. So wie gehörnte Ehemänner häufig reichlich Verständnis für die Abwesenheiten ihrer Frauen zeigen. Der König konnte selbst erkennen, dass die Arbeiten gut voran gingen. Seine Frau, der Baumeister, die Arbeiter und Sklaven gaben also ihr bestes. Und so war es auch. Nur dass der Baumeister und die schöne Königin ihr Bestes meist auf der Lagerstatt in ihren privaten Gemächern ließen.

## *NAWARITUM*

Nach einem überflüssigen Streit mit ihrer Herrin spionierte die Dienerin Nawaritum der Königin nach. Als sie eines Tages das Gemach mit den schmutzigen Platten verließ, ging sie nicht hinaus, wie üblich, sondern ließ nur die schwere Tür zufallen und versteckte sich hinter einem Vorhang.

Was sie dann in den Gemächern zu sehen bekam, erschütterte nicht nur sie, sondern später auch das gesamte Königreich. Semiramis und Adadrabi fielen über einander her wie die Tiere. Nawaritum beobachtete sehr genau was geschah und merkte sich sogar die Kosenamen, mit denen die beiden Liebenden sich belegten. Nawaritum erkannte sofort die Gelegenheit sich für die unfreundliche Behandlung durch die Königin zu rächen. Und überhaupt, wie konnte eine Frau von so hohem Stande es wagen, dem gemeinen Volk einen attraktiven Mann zu rauben? Sie, die doch bereits den König selbst besaß.

Nawaritum bat ihre Vorgesetzte Gula für sie eine Audienz beim König zu erbitten. Gula ging den üblichen Instanzenweg und Nawaritum musste am dritten Tag vor dem König erscheinen. Sie hielt die Augen zu Boden gesenkt, als sie ein privates Empfangsgemach des Königs betrat. Der prunkvolle Thronsaal war ausschließlich der heimischen Aristokratie und den ausländischen Gesandten vorbehalten. Hier, in dem dämmerigen, kleinen Empfangssaal löste Nebukadnezar die Probleme der unteren Klassen.

„Sprich, Nawaritum, treue Dienerin. Was führt dich in meine Gemächer?" fragte der König.

„Oh Herr, ich zittere vor Angst. Ich habe schreckliche Nachrichten." Antwortete die Dienerin.

Der König: „Sprich trotzdem. Dein Herr ist wohlwollend."

„Oh Herr, ich wage nicht die Lippen zu öffnen. In den östlichen Gemächern geschehen schlimme Dinge."

„Nun sag schon, Du machst mich neugierig?"

„Der Baumeister Adadrabi und die Königin teilen das Lager. Mindestens zweimal am Tage."

Der König erhob sich wutschnaubend:" Das kann nicht wahr sein. Du Lügnerin!"

Und dann lauter: "Wachen, in den Kerker mit dieser Frau. Schnell, schnell. Bevor sie mehr Unheil anrichtet."

An Nawaritum gewandt: „Im Kerker wirst Du verstehen, dass Du deinen König nicht belügen darfst."

Zu den Wachen:" Weg mit ihr. Aus meinen Augen und Ohren."

Zwei Wächter schleppten die sich wehrende Nawaritum aus dem Raum.

Über die Schulter rief sie zurück: „Unrecht, Unrecht. Mir geschieht Unrecht. Du solltest die Königin bestrafen."

Der Kerkermeister war begeistert eine so schöne Gefangene bewachen zu dürfen. Das war doch mal eine Abwechslung von den abgerissenen, bärtigen Kerlen, mit den offenen schorfigen Wunden die das Verließ tief unter der Erde füllten. Nawaritum erlebte im Kerker eine Höllenzeit. Der Kerkermeister kam mehrmals in ihre stickige Zelle und spreizte ihre Beine mit Gewalt. Nawaritum verlor an Gewicht und ihre Schönheit. Sie weinte tage- und wochen- und Monate lang. Nawaritum magerte ab bis auf die Knochen und trotzdem kam der Kerkermeister immer wieder und tat ihr Gewalt an. Später, als die einst schöne Gefangene nur noch ein Häuflein Elend war, verlor der Kerkermeister das Interesse an ihr und gestattete seinen Gehilfen sich an ihr zu ergötzen. Nawaritum wünschte, sie sei tot.

## ZWEIFEL

Der König war ein selbstsicherer Mann. Zweifel an den eigenen Entscheidungen waren ihm fremd. Und trotzdem, ganz weit im Hintergrund seines Gedächtnisses, nagten ein paar merkwürdige Erinnerungen. Worte und Sätze der Semiramis, die ihn schon vor langer Zeit stutzig gemacht hatten. An die Sache, dass sie abends immer badete, bevor sie sich zu ihm legte, hatte er sich gewöhnt, obwohl er meinte, dass die Begründung fadenscheinig sei. Der König war ein geradliniger Mann, der es gewohnt war schnelle klare Entscheidungen zu treffen. Wenn nun doch etwas dran wäre an den Anschuldigungen der Dienerin? Unmöglich. Eine Königin verrät ihren König nicht.
Aber wie hatte sein weiser Vater Nabopolassar ihn gelehrt?
„Als König wirst Du ein einsamer Mann sein, Nebukadnezar. Niemandem darfst Du Vertrauen schenken. Niemandem."
Gilt das auch für die Königin selbst? Fragte sich Nebukadnezar. Nachdem die Dienerin Nawaritum im Kerker verschwunden war, ging der König während einiger Tage grübelnd in seinen Gemächern auf und ab. Wieder

einmal vernachlässigte er die Regierungsgeschäfte, weil er in seinem Inneren zerrissen war. Der König schwankte hin und her zwischen seiner grenzenlosen Liebe zur reizvollen Semiramis und den fressenden Zweifeln die ihn seit dem Besuch der geschwätzigen Dienerin nicht mehr losließen.
Nebukadnezar war unglücklich. Er litt. Er musste eiligst eine Lösung finden.
Also traf er eine Entscheidung. Er würde Klarheit schaffen. Nebukadnezar ließ den lautlosen Belsazar rufen.

## *BELSAZAR*

Belsazar lebte, fast unsichtbar, seit Jahrzehnten am Hof. Er kannte jedes Gemach, jedes Kämmerlein, jede versteckte Tür, jeden geheimen Gang, jeden Winkel und jeden Erker. Außerdem schien er Verbindungswege zu kennen, die es gar nicht gab. Belsazar war klein gewachsen, aber sehnig mit starken Muskeln, einer schmalen geraden Nase und dunklen, durchdringenden Augen, die durch Wände sehen konnten, so sagte man. Er selber war fast unsichtbar, da er sich in lehmfarbene und graue Gewänder hüllte, im Gegensatz zu den kräftigen Farben der übrigen Bewohner des Hofes. Außerdem Schritt Belsazar nicht durch die Gänge, sondern er huschte.
Belsazar bewegte sich auf lautlosen Sohlen und glitt schneller durch eine Tür, als man sehen konnte.

Belsazar war eine der wenigen Vertrauenspersonen des Königs Nebukadnezar. Der König beauftragte seinen Diener in den östlichen Gemächern, sehr unauffällig, nach dem Rechten zu sehen und dann dem König, aber nur ihm, zu berichten. Der König versprach einen Beutel Goldstücke für diesen, sehr privaten Dienst.
Belsazar verbeugte sich dreimal, wie es üblich war und verließ den König mit seinen erneuerten Treueschwüren.
Sieben volle Tage sah der König seinen treuen aber verschlagenen Belsazar nicht mehr. Schon glaubte Nebukadnezar an dem Gerücht sei nichts dran. Während dieser sieben Tage war Semiramis unauffällig wie immer. Sie erschien zur selben Stunde am Abend in den königlichen Gemächern.
Der König und die Königin liebten sich auf ihre regelmäßige liebevolle Art. Semiramis schien von einer beständigen Leidenschaft für den König erfüllt zu sein. Liebe machte sie immer wieder hingebungsvoll und auch ihre Schmeicheleien für den König waren leidenschaftlich. Es geschah nichts Auffälliges. Sie waren das perfekte Paar zwischen das nichts kommen konnte.
Dann plötzlich, eines Morgens, nach dem Rascheln eines Vorhangs, stand Belsazar im Gemach des Königs. Die Augen fest auf den Boden geheftet.
„Oh Herr, es bereitet mir Kummer, was ich dir berichten muss."
„So sprich schon", befahl ungeduldig Nebukadnezar.

„ Ich bin unwürdig, diese Worte über meine Lippen zu lassen."
Belsazar warf sich vor seinem König auf den Boden. Er streckte die Arme und Beine von sich, das Gesicht auf den Boden gedrückt.
Nebukadnezar: „Ich will alles wissen. Erspare mir nichts."
Und Belsazar berichtete ausführlich vom Verrat der Königin und ihrem gemeinsamen Liebeslager mit dem Baumeister Adadrabi. Der König raste mit großen Schritten durch den Raum. Er riss an seinen Haaren, seinem Bart. Er tobte gegen die Königin, gegen Adadrabi. Aber er blieb, dieses Mal gerecht, er warf keine Schuld auf seinen Diener Belsazar.
Der König zertrümmerte in seiner Wut zwei große Vasen, Geschenke ausländischer Botschafter. Als die größte Wut verraucht war, befahl er Belsazar:
„Geh' zum Kerkermeister. Er soll auf der Stelle die Dienerin Nawaritum freilassen und ihr dreißig Goldmünzen geben.
Dir Belsazar danke ich für Deine Dienste und befehle Dir, gehe nie wieder in die östlichen Gemächer und bleibe mir aus den Augen, bis ich dich rufe. So jetzt lass mich allein."
Nawaritum sah diese Goldstücke nie. Es war zu spät. Sie war bereits im Kerker gestorben.
König Nebukadnezar war deswegen nicht übermäßig betrübt. Die Mehrzahl der Gefangenen in seinem Verlies verloren ihr Leben dort.
Außerdem war der König zu sehr mit sich selbst und seinem Konflikt mit Semiramis beschäftigt. Dass er dabei einer

unbedeutenden Dienerin Unrecht getan hatte, vergaß er rasch.

An diesem Drama zwischen König und Königin konnte das Reich zerbrechen. König Nebukadnezar hatte bereits Schicksalsschläge erlebt und wusste, dass er sie dank seines überlegenen königlichen Geistes überwinden konnte. Nur niemals aufgeben, nicht nachgeben, hatten ihn seine Schlachten gegen die Ägypter bei Karkemesch und anderer Orts gelehrt. Aber jetzt gab es eine nie dagewesene Situation. Da war kein Feind an den äußeren Grenzen des Königreiches, den er zu bekämpfen hatte. Jetzt saß der Feind in seinem Inneren. Er zerrte an seinen Organen, zerriss ihm die Seele und presste das Herz zusammen, so dass ihm nicht genug Luft zum Atmen blieb. Der König war so verzweifelt als ob ein feindliches Heer sein Land und seine Hauptstadt dem Erdboden gleich gemacht hatte und als ob ihm eine ganze Armee über den Körper getrampelt sei. Der König war am Boden zerstört. Er war dem Tode nah. Er vernachlässigte seine Regierungsgeschäfte und wurde ungerecht zu den Hilfesuchenden.


## *HAMMURABI*

Trotz seiner, nach Außen gezeigten Selbstsicherheit, war König Nebukadnezar doch fähig, Selbstzweifel zu hegen.

Was habe ich falsch gemacht? Fragte er sich immer wieder. Ich habe doch alles getan um meine Frau glücklich zu machen. Ich habe sie mit Geschenken überschüttet, ihr jeden Wunsch erfüllt, einschließlich dieses gigantischen Bauwerks, das die Staatsfinanzen ruiniert hat. Zudem hat das Abholzen der Wälder unser Ackerland unfruchtbar gemacht. Die Wüste ist näher an unsere Flüsse und Städte heran gekommen. Und die 150 Brennöfen haben die Luft über der Hauptstadt verpestet. Was kann ein Mann mehr für seine Gemahlin tun? Und wenn ein Mann all dies aus Liebe für seine Frau getan hat, verdient er dann nicht, neben der üblichen Gattenliebe, ein wenig Respekt und Dankbarkeit? Nebukadnezar hatte nur Fragen, aber keine Antworten.

Ein für ihn sehr schwieriger Zustand.

Wie sollte er Semiramis und den Baumeister bestrafen?

Noch eine Frage ohne Antwort.

Der alte Gesetzeskodex des Hammurabi würde Antwort geben. Der König kannte fast alle 282 Gesetze von der Hammurabi- Stele auswendig. Das gehörte zu den Pflichten des Königs und war Teil seiner Ausbildung gewesen.

Trotzdem zögerte er sie anzuwenden. Schließlich liebte er Semiramis noch immer. Dass sie mit einem anderen Mann das Lager geteilt hatte, machte ihn wütend, aber verminderte die Liebe zu seiner Frau nicht. schließlich zählte für ihn, was sich zwischen seiner Frau und ihm selber abspielte.

Er liebte Semiramis, aber er liebte den Architekten nicht. Gegen den könnte er die ganze Strenge des Gesetzes anwenden. Das bedeutete ihm den Kopf vom Rumpf zu trennen.
Aber das war schon der nächste Konflikt.
Wenn Semiramis diesen Mann ebenfalls liebte, dann würde der König sie durch Adadrabis Hinrichtung mitbestrafen. Vielleicht würde sie wieder zurück sinken in ihre Melancholie? All das was er für sie getan hatte, wäre umsonst gewesen. Sein Wunsch eine fröhlich lächelnde Semiramis zu lieben wäre zum Scheitern verurteilt. Probleme über Probleme und keine Lösungen.
Aber wofür ist man König? Im Palast lebte seit unvorstellbar langer Zeit der weise Lugalgirra. Er war so alt, dass er bereits Nebukadnezars Vater als Berater gedient hatte. Der weise alte Mann hatte alle Gesetzestexte studiert. Er hatte jede Tontafel gelesen auf denen die Alten ihre Erkenntnisse festgehalten hatten.
Jetzt war es an der Zeit den weisen Rat des alten Mannes einzuholen.

### *LUGALGIRRA*

Lugalgirra hüllte sich, wie alle weisen Männer, in ein langes weißes Gewand, das seinen dürren Greisenkörper verdeckte. Dazu trug er den spitzen Hut der Philosophen.

Seine Augen blickten immer noch wach aus dem verrunzelten Gesicht. Die Stirn war hoch, die Nase spitz, der Bart dünn, weiß und unten gerade abgeschnitten.
Lugalgirra lauschte aufmerksam dem Lamento des Königs.
„Oh König Nebukadnezar, meine Kenntnis ist unbedeutend wie ein Sandkorn im Vergleich zu deiner Klugheit. Und trotzdem ist es gut, dass Du dir Zeit nimmst um zu beraten, anstatt dass Du vielleicht ein schnelles, fehlerhaftes Urteil fällst."
„Nun sag schon, alter Mann, was soll ich tun?" Fragte ungeduldig der König.
„Dein Herz hängt an der schönen Königin. Darum fällt es dir schwer, klar zu sehen. Mein Herz denkt nur an den Bestand des Reiches und an das Wohlergehen unseres Volkes. Ich werde nicht hin- und hergerissen von den Stürmen der Leidenschaft. So kann ich dort klar sehen, wo für dich ein Sandsturm in der Wüste wütet. Ich habe Deinem Vater versprochen, über dich zu wachen und dir zu sagen, was ich sehe."
„Nun erzähl schon was du siehst, alter Mann."
„Auch wenn es dir das Herz bricht, mein Herr und Meister, ich werde dir die ganze Wahrheit sagen."
„So sprich, ich bin ungeduldig."
„Oh König, auch wenn es Dir das Herz bricht, wirst Du mich nicht strafen. Ich bin nicht die Botschaft, ich bin nur ihr Überbringer."
Der König:" So soll es sein. Es ist geschworen. Sprich nun, weiser Mann:"

„Nun gut, König Hammurabi hat uns das Gesetz gegeben. Ehre sei seinem Angedenken."
„Jawohl. Ehre sei seinem Angedenken." Echote Nebukadnezar.
„Das Gesetz ist klar. Es sagt Du sollst beide Frevler töten."
„Oh ja, das wusste ich. Aber wo bleibt dein Rat, weiser Mann?"
Lugalgirra holte tief Luft und sprach mit ruhiger, gelassener Stimme. Er betonte jedes Wort gleich stark:
„Oh Herr, das Gesetz sagt ebenfalls Du sollst gut abwägen, ob andere Lösungen nicht besser sind als die Buchstaben des Gesetzes. Du darfst, aber Du musst nicht Milde walten lassen."
„Nebukadnezar, die Frau die dir angetraut ist und die Du liebst, hat dich verraten. Trotzdem liebst Du sie immer noch und möchtest ihr keinen Harm zufügen. Du möchtest Semiramis glücklich sehen, da du sie liebst. Sie ist nicht glücklich mit Dir, sonst würde sie das Lager nicht mit einem anderen teilen.
Sieh gut hin. Sie ist glücklich mit ihm. Lass Milde walten. Lass Semiramis ziehen. Möglichst weit weg, wo Du sie nie mehr siehst. Dort wird sie glücklich sein."
„Ich danke Dir, du weiser, alter Mann. Jetzt sehe ich klar. Du sollst eine große Belohnung erhalten."

## *VERGEBUNG*

Der König sandte eine Eskorte von vier starken Männern um Adadrabi vor seinen Herren zu führen. Nebukadnezar schäumte nicht mehr vor Wut, er sprach sehr ruhig mit dem Baumeister, der ihm vorgeführt wurde.
„Du teilst das Lager mit der Königin, du Unwürdiger", begann Nebukadnezar das Gespräch.
„Oh Herr, es sieht anders aus als es ist", stammelte Adadrabi.
„Fall mir nicht ins Wort. Du bist diese Frau nicht wert. Sie ist königlichen Blutes."
Nebukadnezar unterbrach für eine Atempause.
„Du bist ihrer nicht wert. Und doch ich habe entschieden, dass die Königin immer glücklich sein soll. Also liebe sie. Beschütze sie, mach sie glücklich bis an ihr Ende."
„Jetzt gehe hin, nimm diese Frau mit meinem Segen und ziehe dich zurück in dein Heimatdorf. Die Arbeit an den Hängenden Gärten wird dein Kollege Assurbanipal fortsetzen.
Gehe hin, mit ihr und lebe in Frieden."
Adadrabi warf sich vor seinem König in den Staub und versuchte ihm die Füße zu küssen. „Jetzt geh" rief Nebukadnezar unwirsch.

Semiramis kam am Abend, als sei nichts geschehen, in die königlichen Gemächer. Der König empfing sie kühl und höflich:

„Bitte setze Dich. Heute brauchst Du nicht zu baden. Wir werden nie wieder Liebe machen. Ich weiß alles. Du bist verbannt."
Semiramis: "Auch ich habe diese Geschichten gehört. Es gibt schlimme Menschen die streuen falsche Gerüchte. Ich bin unschuldig- egal was man mir vorwirft."
„Schweig Weib, wenn du noch weiter lügst vergesse ich meine Milde. Du verlässt diese Nacht meinen Palast gemeinsam mit Adadrabi."
„Aber die Hälfte des Palastes gehört mir" wendete Semiramis ein.
„Da irrst du." Antwortete prompt der König.
„Ein Wagen mit einem Gespann von vier Pferden, wird dich, Adadrabi und deine Habseligkeiten, dort hinbringen wo ihr möchtet. Meine Geschenke darfst du natürlich behalten. Ihr Verkauf wird dir über die ersten Jahre hinweghelfen."
„Aber ich liebe diesen Palast. Hier ist mein zu Hause."
„ Schweig. Du hättest hier leben können. Jetzt ist es zu spät. Geh mir aus den Augen."
Der König wünschte dass Semiramis seine Tränen nicht sah.

## *KLEINES GLÜCK*

Adadrabi besaß ein schönes Haus direkt beim Fluss in Ninive. Dorthin ging er mit seiner Geliebten. Sie führten ein unauffälliges Leben. Dem Paar war es verboten die Hauptstadt Babylon zu besuchen. Semiramis ging, wie jede gewöhnliche Hausfrau mit einer Dienerin auf den Markt zum Einkaufen. Sie lernte zu kochen. Semiramis bekam bald ihr erstes Kind. Zwei weitere folgten. Sie erzog ihre Kinder so gut sie es konnte. An heißen Tagen ging die ganze Familie im Fluss baden. Sie lebten ruhig und bescheiden. Die große Leidenschaft versank in Bedeutungslosigkeit. Adadrabi verdiente ein wenig Geld an Bauaufträgen in Ninive und den umliegenden Dörfern. Das prunkvolle Leben im Königspalast erschien ihnen bald wie eine schöne Legende aus fernen Zeiten.

## *DER NEUNTE TAG*

Der König, in seinem Palast quälte sich immer noch. Zu dieser Zeit gab es den Begriff „traumatisiert" noch nicht. Hätte es ihn gegeben, so wäre er die perfekte Beschreibung für den Zustand des Königs gewesen. Das Herz in seiner Brust war zerrissen. Er konnte den Betrug der Semiramis und ihren Verlust nicht verwinden. Der Absturz von den höchsten Gipfeln des Glücks in die tiefsten

Höllenqualen war gerade für einen starken Mann wie ihn zu viel, weil er geglaubt hatte unüberwindbar zu sein, war jetzt die Enttäuschung doppelt. Nebukadnezar schlief wenig und der wenige Schlaf war von bösen Träumen erfüllt. Die Enttäuschung über Semiramis, die seine Königin für das ganze Leben hätte sein sollen, hatte sein Leben in einen Scherbenhaufen verwandelt. Nebukadnezar glaubte jetzt, alle Frauen seien schlecht und er könne keiner trauen. Der König wollte nicht noch einmal eine solche Schmach und einen solchen Schrecken erleben.

Es war höchste Zeit sich um die Regierungsgeschäfte zu kümmern. Die Hängenden Gärten der Semiramis hatten den Staatsschatz ruiniert.

Das Volk litt Not. Der König war herrisch und ungerecht. Schon gingen Gerüchte im Land, der König habe ob des Verlustes der Semiramis seinen Verstand verloren. Nebukadnezar blieb keine andere Wahl als die Ärmel hochzukrempeln und sich mit aller Energie auf die Regierungsgeschäfte zu stürzen. Es lag viel Arbeit vor ihm, um den Wohlstand zurückzubringen und zu sichern.

*Nur Arbeit? Nichts als Pflichten?* Solch ein Leben ist eines Königs nicht würdig. Lebensfreude, Tanz, Sinnlichkeit und ein paar kleine Ausschweifungen gehörten zum Hof. Aber hatte Nebukadnezar sich nicht geschworen, nie wieder einen solchen Absturz in die Tiefen der Hölle durchleben zu wollen? Dieses Drama war zu viel gewesen, selbst für einen starken Mann wie Nebukadnezar.

So entschied er, klar und zielgerichtet, wie er war, sich keine neue Königin zu nehmen, um nie wieder seine ganze große Liebe auf eine einzige Frau zu legen, die ihn dann enttäuschen würde.

Also nahm er drei Frauen in seinen Palast, drei numidische Schönheiten, die er alle drei genau gleich bedachte. Keine sollte den anderen vorgezogen werden. Er wollte sich an keine binden. Seine Liebe sollte gleichmäßig in drei Teile geteilt werden. Keine Einzelbindung, die ihn bei der Trennung zerstören würde. Der König wollte nie wieder die Hälfte eines Paares sein. Diese Illusion war für ihn gestorben. So war er zu jeder der drei Frauen gleichermaßen gut. Jede der Frauen erhielt eine große Zahl schöner Gewänder, reichlich Schmuck, zwei Dienerinnen und drei Wohnräume im Palast. Keine konnte sich bevorzugt oder herabgesetzt fühlen. Die Numidierinnen hatten, wie es sich für Numidierinnen gehört, Lebensfreude, Rhythmus und Sinnlichkeit im Blut. Assoulina, Betteravia und Caramela. Mit ihnen lebte der König Nebukadnezar ein ausschweifendes Leben in den privaten Königsgemächern. Der König besuchte sie in strikt festgelegtem Rhythmus der Reihe nach. Jeweils alle drei Tage hatte er so eine neue Geliebte. Am ersten Tag war es Assoulina, Tag und Nacht, am dritten Tag Betteravia und dann am sechsten Caramela. So dass es erst am neunten Tag zu einer Wiederholung kam. Das schien erträglich.

Der König glaubte so seine innere Ruhe wieder zu finden. Er gestattete sie sich nicht die eine Frau, die seine gesamte

Aufmerksamkeit auf sich zog. Sein Hauptaugenmerk lag auf den Regierungsgeschäften und nicht auf den Qualen seiner Verliebtheit. Bald spürte das Volk, dass es wieder aufwärts ging im Lande Babylon. Dem König gelang es die Staatsfinanzen zu sanieren, das Volk zu ernähren, ohne die Steuern heraufzusetzen. Zusätzlich gelang es ihm das Vertrauen in den König und seine Regierung wieder herzustellen.

Der König hatte seine Stimmungsschwankungen abgelegt. Er sprach Recht in dem prunkvollen Thronsaal. Er saß allein auf der Empore, im Hintergrund die Gruppe seiner engsten Berater, ohne dass eine Königin neben ihm saß. In besonders schwierigen Fällen bat er seine Berater flüsternd um guten Rat. Der König wog jeweils sorgfältig ab. Seine Urteile wurden als gerecht empfunden. Er hatte seine natürliche Autorität wieder hergestellt.

Nebukadnezar galt als gerecht und weise.

Alles war besser, als es je gewesen war.

Nur wenige am Hof wussten, dass jeweils am neunten Tag Assoulina besonderen Anteil daran hatte, den König glücklich zu machen. Die drei Damen hatten exakt die gleichen Rechte und Pflichten. Niemals bevorzugte der König eine. Gab es ein Geschenk zu einem besonderen Anlass, so erhielten die beiden anderen genau das gleiche. Es kehrte Harmonie und Lebensfreude an den Königshof zurück.

## *MILDE*

Der König Nebukadnezar war von seiner Eifersucht geheilt. Er ließ eine Stele zu Ehren des weisen Lugalgirra errichten, die heute noch neben dem Löwen aus rotem Basalt vor den Resten des Palastes steht.
Und alle Könige nach Nebukadnezar haben den weisen Rat befolgt, im Zweifelsfall Milde vor den Buchstaben des Gesetzes walten zu lassen.

# 5
## ARABESKEN IM WASSER

Djerba ist eine sehr flache, sandige Insel. Die höchste Erhebung ist der Berg, auf dem das Töpferdorf Guellalla liegt, gerade mal 27 Meter hoch. Auch das Ufer fällt fast überall sehr sanft ins Meer ab. So dass der feste Boden ins Meer hineingleitet und die Grenze zwischen Festland und Meer förmlich verschwimmt. Die breiten weißen Sandstrände senken sich in so flachem Winkel ins Wasser, dass der Übergang im wahrsten Sinne des Wortes fließend ist. Ein Badeparadies für Familien mit kleinen Kindern, aber nichts für große, sesshafte Fische, die in Felsenhöhlen wohnen wollen. Die Fischer fangen mit ihren Netzen höchstens mal einen Schwarm kleiner Fischchen, die sich über dem hellen Sandboden wohlfühlen.

Wie bei allem anderen, gibt's auch hier eine Ausnahme. Das *Ras Tourgueness* ist eine felsige Landzunge, die wie ein harter Penis ins Meer hineinragt. Die Felsen sind durchlöchert, vom Zahn des Meeres zernagt und zum Teil mit Algen bewachsen. In diesem Paradies aus Unterwasserhöhlen, die häufig mehrere Ausgänge haben und reichlich Nahrung fühlt sich der Merou wohl. Er kann steinalt werden, bis zu hundert Jahren, sagt man. Er bleibt sein ganzes Leben lang sesshaft an einem Ort wohnen. Er lebt allein, schätzt keine Gesellschaft. Er ist ein Einsiedler, der viel Zeit zum Grübeln hat und mit der Zeit immer weiser wird. Er bewegt sich wenig, geht nicht aus, wenn das Wetter stürmisch ist, legt sich aber gern auf eine Sandbank zum Sonnen, wenn der Himmel blau ist. Die Sonne dringt bis vier-fünf Meter Tiefe durch das kristallklare Wasser. Ist Gefahr im Anzug, dann gleitet der Merou mit ein paar knappen Bewegungen zurück in sein Heim. Dort liegt er, dort döst er. Falls mal ein Feind seinen Wohnsitz entdeckt, dann ist er mit ein paar Flossenstössen durch einen der Ausgänge schnell wieder im Freien. Der Merou wählt seine Höhle sorgfältig. Sie muss strategisch günstig gelegen sein, mehrere Ein- und Ausgänge besitzen und unübersichtlich genug sein, so dass sich ein Fremder darin nicht zurechtfindet.

Mein Freund Pierre und ich tauchten am *Ras Tourgueness* mit Flossen und Harpunen auf der Suche nach einem schönen, fleischigen Fisch. Wir trafen einen Merou, der sich auf der Sandbank vor seiner Höhle sonnte. Der Fisch war schneller weg, als wir reagieren konnten. Mit ein paar kurzen Schlägen seines Schwanzes glitt er davon. Wir aber kannten jetzt seinen Höhleneingang und folgten ihm in das stille Haus. Wir suchten bis in alle Ecken, aber es gab keine Spur von dem großen Tier. Nach hinten hinaus war ein zweiter Ausgang und oben in der Decke war auch ein großes Loch.

Wir fuhren die 1.200 Km zurück nach Tunis, wo wir damals wohnten. Wir planten bereits im Auto, das nächste Wochenende wiederzukommen. Der Merou ist sesshaft, er wird wieder dort sein. Auf meinem Arbeitstisch zu Hause zeichneten wir einen ungefähren Plan der Höhle und entwarfen Strategien, wie wir uns am nächsten Wochenende unbemerkt an die Öffnung heran pirschen würden, immer ganz nah an der Felszunge schwimmend, um dann mit einem schlagartigen Überfall das Tier zu überrumpeln.

Unsere Frauen waren nicht begeistert, als wir am Wochenende wieder die lange Fahrt von Tunis nach Djerba machen wollten. Pierre und ich sprachen auf den Felsen sitzend nochmals unseren Angriffsplan durch, dann ließen wir uns vorsichtig ins Wasser gleiten. Das nasse Element trägt Laute und Schwingungen sehr weit. Wir schwammen mit so wenig Bewegung wie möglich in Richtung der Höhle. Wir wollten den Kerl doch überraschen. Der große Fisch, fast einen Meter lang, ich schätzte ihn auf vielleicht fünfzig Kilo, lag auf der Sandbank vor seiner Höhle. Er sonnte sich oder döste? Als wir auf Schussweite herangekommen waren, machte er eine überraschende Bewegung mit seinem plumpen Rumpf und glitt in sein Haus. Weg war er. Aber er versteckte sich nicht. Er beobachtete uns aus runden Glubschaugen von seinem Höhleneingang her. Mir blinzelte er zu - ein wenig verwegen. Ich glaubte ein hämisches Lächeln um seinen Mund zu sehen. Er kam mit dem Vorderkörper halb aus der Höhle, aber sobald wir uns näherten, zog er sich blitzschnell zurück. Er lockte und verspottete uns. Er spielte ein Spielchen mit uns, dem wir nicht gewachsen waren. Uns ging die Luft aus. Das Ganze spielte sich in nur rund sechs Meter Wassertiefe ab. Gut, der Weg nach oben, um Luft zu schnappen, war nicht weit. Dumm war nur, dass wir jedes Mal den Merou aus den Augen verloren. Er benutzte die gewonnene Zeit, um sich woanders zu verstecken. Er führte uns an der Nase herum. Eindeutig. Vielleicht hatte ich mir das spöttische Blinzeln in seinen Augenwinkeln gar nicht eingebildet. Nach ein paar

Stunden Katz und Mausspiel waren wir müde. Wir tauchten auf und setzten uns an Land in die Sonne. Wir überlegten hin und her.

Mensch, das gibt's doch nicht, der Kerl muss doch zu fangen sein. Wir waren immerhin zu zweit und er allein. Außerdem waren wir bewaffnet. Aber dieser Fisch war in seinem Element. Wir nicht.
Jawohl, Pierre würde zuerst allein zur Höhle schwimmen. Ich würde ein wenig zeitversetzt folgen. Der Merou würde vor Pierre in seine Höhle flüchten, aber ich käme ohne lange Umstände senkrecht von oben durch das Loch in der Decke hinunter gestoßen.

Der alte Fisch veräppelte uns wieder. Er flüchtete, als Pierre anschwamm, aber nicht in seine Höhle, sondern er versteckte sich hinter einem herausragenden Felsen. Und ich war wieder allein in die leere Höhle abgetaucht. Das große Gehirn des Fisches war intelligenter, als wir geahnt hatten. Glücklicherweise hatten wir einen zweiten Plan ausgeheckt, für den Fall, dass der erste schief gehen würde. Wir begannen also mit einem neuen überraschenden Ansatz. Wieder übertölpelte uns der Merou mit einer neuen Finte. Wir versuchten noch drei-vier andere Sachen, dann war der Nachmittag vorbei und wir waren erschöpft. Der Merou schwamm in sicherem Abstand von unseren Harpunen fröhliche Arabesken ins klare Wasser. Er hatte niemals seine gute Laune verloren. Der Stress und die Anspannung waren allein auf unserer Seite. Wir merkten dem Fisch an, dass ihm die Sache Spaß machte. Er rieb sich, sozusagen, die Flossen. Er manipulierte uns, wie er wollte. Wir waren seine Unter-

wasserclowns.
Wir verbrachten die Nacht auf Djerba, um am nächsten Tag weiterzufischen. Im Hotel konzentrierten wir uns nochmals auf den Plan der Höhle, wir dachten an die Angriffsstrategien des Feldherrn Hannibal, der in der Antike das Land groß gemacht hatte und versuchten ähnlich erfolgreiche Muster zu entwickeln.

Am nächsten Morgen tauchten wir schon sehr früh ab, am *Ras Tourgueness*. Wir hatten sogar aufs Frühstück im Hotel verzichtet. Wir wollten den alten Fisch im Halbschlaf überraschen, noch bevor er Besuch erwarten konnte. Bei unserem ersten Angriff wollten wir ihn in seiner Höhle festnageln, bevor er ganz wach war. Überraschung? Ja, der *Coup* war gelungen! Er erwartete uns fast schwanzwedelnd und huschte weg, ehe wir uns von unserer Überraschung erholt hatten. Wir verbrachten den ganzen Tag mit unserem knorrigen Freund beim Katz- und Mausspiel. Wir wären so gern siegreich gewesen! Aber mit einer schelmischen Schwanzbewegung entwischte der Fisch immer wieder. Wir fuhren unverrichteter Dinge zurück nach Tunis. Unsere Frauen lachten lauthals als wir von unseren Abenteuern erzählten. Wir aber sagten uns: "Jetzt erst recht!" und machten neue, bessere Pläne um den Fisch in unsere Falle zu locken. Die ganze Woche bastelten wir an diesen Plänen. Wir bauten sogar aus Plastilin ein Modell der Höhle und mit Streichhölzern legten wir die Positionen der drei Protagonisten fest. Und dann machten wir noch eine Variante und noch eine. Wir hörten uns gegenseitig ab, wie die Abläufe zu sein hatten. Jeder von uns sollte genau wissen, was der andere in jedem Moment von ihm erwartete. Wir waren zum Erfolg verdammt. Werden uns doch nicht von einem dummen Fisch an der Nase herumführen lassen. Nie im Leben! Was soll ich sagen?

Ein ganzes Jahr lang verbrachten wir jedes Wochenende auf *Djerba* am *Ras Tourgueness*. Unsere Auftritte wurden immer perfekter. Wir führten ein Unterwasserballett auf, einen *Pas de Deux*, wobei der Merou der lachende Dritte blieb.

Pierre lebt jetzt in Rabat in Marokko, ich in einer deutschen Großstadt. Wir sind beide festgezurrt in Millionenstädten, eingeklemmt zwischen Autobahnen und sehr viel Beton. Der Merou sonnt sich wahrscheinlich immer noch vor seiner Höhle am *Ras Tourgueness* und denkt lächelnd an die beiden Clowns, denen so schnell die Luft ausging.

# 6
## E-MAIL

Eine merkwürdige Vorahnung lockt mich an meinen Schreibtisch. So als ob ein Geheimnis darauf wartet, gelüftet zu werden. Ich klappe den *Laptop* auf. Dann klicke ich mich durch das *World- Wide- Web* in Richtung meiner *Mailbox*.
Unterwegs muss ich immer wieder die nutzlosen Werbeseiten zur Seite schieben. Alle Anbieter, die mir überflüssiges Zeug verkaufen wollen, machen mir weiß, dass ich sparen würde, wenn ich ihre Produkte kaufe. Sie bieten mir haufenweise Digitalkameras, Scanner, Handys, und Flüge an Orte, zu denen ich nicht hin will. Der Gedanke ist absurd: "Je mehr Du einkaufst (vor allem all jene Dinge, die Du nicht brauchst), desto mehr kannst Du sparen." Bitte lasst mich in Ruhe mit diesem Quatsch und lasst mich se

Aber immer wieder springen sie hoch, die ungebetenen Werbeträger. Ich kämpfe sie mit der Maus nieder, so schnell es geht. Selbst die halbausgezogenen Mädchen drücke ich schnell weg, bevor sie mich in ihr elektronisches Nest locken können. Ich gehöre noch zu jenen Altmodischen, die selbst entscheiden wollen, mit wem sie sich einlassen. Und wo sie sparen können. Die Werber sehen das anders. Na gut, die *Bits* und *Bytes* können viel erzählen. Außerdem kann sparen nicht das höchste Ziel im Leben sein.

Als ich mich durchgewühlt habe, gegen alle Widerstände, zu meinem Postfach, da verkündet mir das *Icon* strahlend: "Sie haben Post". Na immerhin, duzen tut mich das elektronische Tier noch nicht, wenngleich es sich ungefragt in mein Privatleben einmischt. Es ordnet meine Post in unterschiedliche Ordner ein und glaubt, mir damit einen Gefallen zu tun. Heute sagt es mir, ich hätte eine M*ail* erhalten von "Unerwünscht". Das, bitte schön, möchte ich mir verbitten. Ich will selber entscheiden, wer mir erwünscht ist und wer nicht. Vielleicht ist es ja die längst verloren gegangene Liebe, der ich noch immer nachtrauere und die endlich auf meine neue Adresse gestoßen ist? Dann wäre mir diese *E- mail* mehr als erwünscht. Also, liebes virtuelles Netz, bitte lass mich allein entscheiden, wen ich mag und wen nicht.

Ich fühle mich wohl ähnlich wie jene Frauen, die sich in den Sechzigern von der männlichen Bevormundung emanzipiert haben. Ich möchte mich von meiner elektronischen Bevormundung emanzipieren. Wie kann eine Maschine, die aus Metallteilchen zusammengesetzt ist und schlussendlich hauptsächlich aus Schaltkreisen besteht, mir vorschreiben wollen, wer mir erwünscht oder nicht erwünscht sein soll?

Diese verlorengegangene Liebe war schön, geistvoll und unberechenbar. Sie soll laut einem vagen Gerücht auf einer der 3000 griechischen Inseln gestrandet sein. Ob's stimmt? Ich konnte es nicht nachprüfen. Ich habe per Telefon über all meine Verbindungen verzweifelt nach ihr gesucht, überall, wo sie hätte sein können. Immer wieder habe ich mich in Sackgassen verrannt. Sie hat keine Spur für mich gelegt. Sie ist weg, unauffindbar. Ein gescheiterter Rahmenmacher in New York hat mir dann die Mär von der griechischen Insel erzählt. War der Mann in seinem Suff glaubwürdig? Oder war auch er in die schöne Frau vernarrt? Und wollte er mich mit dem Tipp nach Griechenland ablenken? Aber tatsächlich: die "unerwünschte" *Mail* endet mit der Landeskennung .gr. Also Griechenland. Die Buchstaben davor sind ein für mich nicht dechiffrierbarer Buchstabensalat. Was soll's? Die Nachricht ist ein Hoffnungsfünkchen.

Wer sich hinter den Kürzeln versteckt, das kann ich auf elektronischem Wege nicht herausfinden. So sehr ich mich bemühe. Ist's vielleicht eine verirrte *Mail,* die irgendwo im Netz eine falsche Abzweigung genommen hat, durch ein elektronisches Raster gefallen ist und die gar nicht für mich bestimmt war? Auf jeden Fall ist mir die geheimnisvolle *Mail* nicht unerwünscht, sondern sie regt meine Fantasie an, ihrem Geheimnis auf die Spur zu kommen. Also speichere ich die Absenderadresse ab. Einmal im elektronischen Telefonbuch und einmal auf Papier, weil ich der Elektronik nicht immer trauen kann. Schon öfter ist eine elektronische Notiz im weltweiten Netz auf Nimmerwiedersehen verschwunden. Morgen werde ich antworten.
Es wird schon nichts Dramatisches geschehen in den nächsten Stunden. Außerdem will ich das Geheimnis gar nicht schnell lösen.
Je länger ich die Auflösung hinausziehe, desto länger kann ich davon träumen, die Missverständnisse von damals ausräumen zu können und - vielleicht? die Dame wiederzugewinnen. Das Kürzel auf dem Absender will nichts sagen. Sie hat schon mehrmals als Künstlerin, sowohl ihr

Pseudonym wie auch den bürgerlichen Namen gewechselt. Und außerdem: wenn sie es nicht ist, dann ist es vielleicht eine andere, ebenso schöne, geistvolle und vielleicht noch verrücktere?

Ich werde die Geschichte laufen lassen, die da im Entstehen ist, erstmal davon träumen, dass alles wieder gut wird und mich nur ganz behutsam an die Realität herantasten. Zuerst will ich das Virtuelle auskosten, so lange es geht, ruhig die Geschichte in der Schwebe halten, so lange noch nichts entschieden werden muss. Erst danach sehe ich, was die Wirklichkeit bringt.

Oder könnte es eine Behörde sein? Habe ich irgendwann einmal einen Strafzettel nicht bezahlt? Eine Fähre benutzt und die Bordwand geschrammt? Nein, das ist nicht meine Art, außerdem wäre der Kotflügel verbeult gewesen. Geschmuggelt habe ich auch nicht. Eine Säule in Knossos umgestoßen? Was im Hotelzimmer liegen gelassen? Ein uneheliches Kind gezeugt? Auch eher unwahrscheinlich! Es ist schon toll, was für Überlegungen so eine anonyme *Mail* anstoßen kann.
Und wenn besagte Dame gar nicht in Griechenland ist, sondern in Nigeria oder in Saudi Arabien? Zuzutrauen wäre es ihr. Aber warum sollte sie mir von dort mit einem griechischen Kürzel schreiben? Hat sie ihre E-*Mail* Adresse nicht geändert beim Umzug? Oder stammt die *E-Mail* von meinem alten Freund Markos aus Chios? Nein, glaube ich nicht. Der greift direkt zum Telefon und sagt mir, was er zu sagen hat. Ein Reiseführer, in dem ich ein Kapitel ausgelassen habe? Ärger auf der beruflichen Ebene?
Ich schlafe unruhig. Natürlich wälze ich mich hin- und her.

Eine E-*Mail* aus Griechenland? Ein Verleger, der ein Buch von mir möchte? Ähnlich wie das, das ich einmal über Dionysios verfasst habe? Oder irgendjemand, den ich mal im Urlaub kennengelernt habe? Tausend Möglichkeiten. Es werden nicht davon weniger, dass ich darüber nachdenke. In den frühen Morgenstunden schlafe ich ein, nachdem ich entschieden habe, eine unverbindliche Antwort zu schicken, dann die Hände in den Schoss zu legen und abzuwarten, was passiert.
Das Schicksal spinnt die Fäden. Man muss nicht immer versuchen, die Kontrolle zu behalten. Ich habe es häufig genug erlebt. Dann wenn ich eine Situation kontrollieren wollte, entglitt sie mir. Habe ich die Dinge laufen gelassen, dann hat sich alles meist wie von selber zum Guten entwickelt. Mal sehen, wie es diesmal wird. Gelassenheit ist in unklaren Situationen oft das Beste.

Ich überlasse also dem Schicksal seine Arbeit. Am nächsten Vormittag tue ich nichts anderes, als mit einer sehr neutral gefassten *E-Mail* zu antworten. Ich schreibe nicht mehr, als dass ich die Nachricht erhalten habe, dass es mir gut geht und dass ich mich auf eine Fortsetzung unseres Dialoges freue. Bald steht wieder bei mir "Sie haben Post." Mein/e Korrespondent/in freut sich über meine Reaktion und möchte das Gespräch fortsetzen. Mir soll's recht sein.

Tatsächlich sitzt die- oder derjenige, mit dem ich so frisch elektronisch verbunden bin, auf der schönen griechischen Insel Kos. Ob es ein Mann oder eine Frau ist, das weiß ich noch nicht. Wir schreiben uns auf Englisch. Mit der Frau aus meiner Vergangenheit habe ich sowohl englisch wie auch französisch gesprochen. Die Sprache ist also kein Indiz. Noch habe ich die verwegene Hoffnung, es könne die verrückte Künstlerin sein, der ich seit Jahren nachtrauere. Ich will nicht gleich am Anfang etwas kaputt machen. Also halte ich mich zurück mit allzu Persönlichem.

Keine Ahnung, warum mein/e Korrespondent/in sich für Deutschland, die Politik der Bundesregierung und ganz besonders für die Gesundheitsreform interessiert. Ich gebe Auskunft, so gut ich kann. Sicher bin ich kein objektiver Beobachter, sondern wegen meiner Behinderung sehr betroffen von den tiefen Einschnitten, die die besagte "Reform" den Kranken beschert hat. Erfreulicher Nebeneffekt: Die Vorstände der Kassen konnten ihre Bezüge drastisch erhöhen. Mein Gesprächspartner auf Kos ist entsetzt! Die besagte Dame oder ein Fremder? kennt das Wort Reform nur in seiner ursprünglichen Bedeutung, nämlich: Veränderung zu Besserem. Diese Zeiten sind vorbei, muss ich mitteilen. Bei uns bedeutet Reform Veränderung zum Besseren für die privilegierte Schicht, für die arbeitende Bevölkerung zum Schlechteren. Unser Gespräch im *Web.* wird fortgesetzt. Die Künstlerin? Der Fremde? macht sich Sorgen über etwas, worüber ich nie nachgedacht habe: Wie können die Ärzte ihren traditionellen Verpflichtungen nachkommen, wie kann der Eid des Hippokrates erfüllt werden, wenn das Geld aus den Kassen den Vorständen zugutekommt und nicht den Kranken?
Was ist los mit meiner früheren Geliebten? Ihr soziales Gewissen hat sie noch nie geplagt. Dass ihr Geist offen ist für alle Arten von Gedankenspielen, das weiß ich von eh und je. Oder habe ich mich verrannt? Ist es gar nicht die

schöne Frau mit den lockeren Sitten, mit der ich korrespondiere? Ist es ein Fremder, Eine Fremde?
Es ist ziemlich surreal, was wir da an Gedanken ausgetauscht haben. Obwohl ich meine Meinung immer gerade heraus gesagt habe, scheinen wir uns doch zu verstehen. Es gibt keine krassen Kontroversen. Na ja, ab und zu haben wir uns widersprochen, jedoch ohne uns jemals energisch auf die Füße zu treten. Noch ist der Schleier der Identität nicht gelüftet. Ich habe nicht einmal feststellen können, ob mein/e Gesprächspartner/in ein Männlein oder Weiblein ist. Noch ist alles offen. Will das Schicksal mich wieder zusammen führen mit einer, ebenfalls älter gewordenen, Liebe? Oder sitzt am anderen Ende der Strippe ein Zwölfjähriger, der sich hämisch über den naiven Spinner amüsiert, dem er einen Bären aufbinden konnte? Das Netz steckt voller Geheimnisse, die ich nicht ergründen kann.

Jeden Morgen erwarte ich mit Neugier die Nachrichten aus meinem *Laptop*. Inzwischen ist es mir fast egal geworden, ob ich mit meiner früheren Geliebten korrespondiere oder nicht. Die Geschichte hat sich verselbstständigt. Wenn es die durchgedrehte Künstlerin wäre, dann hätte sie mir doch längst einen Hinweis gegeben. Denn wenn sie nach so langer Zeit wieder Kontakt aufnimmt, dann muss sie doch einen Grund dafür haben. Endlich Vergebung? Nochmal von vorn anfangen? Oder nachträgliche Kompensation für ihre Aufopferung? Nochmals lieben? Oder nur Ärger ablassen?
Ich habe mich daran gewöhnt, *Mails* von Unbekannt zu erhalten und sie neutral zu beantworten. Es ist eine Art unsicherer Freundschaft mit Unbekannt entstanden. Wenn

ich jetzt meine Antworten in die Tastatur tippe, dann habe ich schon nicht mehr die großen Katzenaugen der früheren Freundin vor mir, sondern ich schreibe an Unbekannt.

Unbekannt und ich sollten uns persönlich kennenlernen, so meint mein/e Mailpartner/in. Mir ist das recht. Jetzt folgt eine Art elektronischer Schnitzeljagd. Anscheinend will mein/e Partner/in die Spannung bis zum letzten Moment aufrecht- erhalten. Er/sie könne schlecht reisen, zurzeit. Ich frage mich: Krankheit? Geldnot? Egal, ich werde gebeten zu kommen. Ich erhalte klare Anweisungen, wie und wo ich das Geheimnis um meinen Mailpartner auflösen kann. Mit Spannung folge ich den Tipps Schritt für Schritt:

Ich fliege also mit einem Touristenflieger auf die Insel Kos. In dem Ort Mastichari ist ein Hotelzimmer für mich reserviert. Das Hotel ist eine schöne Anlage, mit vielen kleinen Häusern, die in einem Park verstreut liegen. Im Hotelzimmer blättere ich in meinem Reiseführer. Egal, wie das Rendezvous mit dem/der geheimnisvollen Unbekannten ausgeht, auf dieser Insel gibt es viele Sehenswürdigkeiten, die allein schon ein guter Grund für diese Reise sind. Allen voran die großartige Legende von der alten Platane auf dem Marktplatz der Inselhauptstadt Kos. Im Schatten dieses verehrungswürdigen Baumes soll der erste bedeutende Mediziner der Weltgeschichte, Hippokrates, gelehrt haben. Die ganze Insel zehrt noch heute von dem Ruhm des großen Mannes, der vor ungefähr 2500 Jahren gelebt hat.

An meinem ersten Abend sehe ich mir die schöne Hotelanlage genau an. Ich schlendere auf gepflasterten

Wegen vorbei an duftenden Beeten, die mit Blumen und Büschen bepflanzt sind. Im nahen Hauptgebäude sind die Bar und das Restaurant. Sie locken mit Unterhaltung. Ich möchte lieber in meinem Zimmer mehr über die Sehenswürdigkeiten auf dieser Insel lesen.

Die Mehrzahl der historisch wichtigen Ausgrabungen befindet sich in oder um die Inselhauptstadt Kos herum. Da passt es gut, dass mein Netzbekannter mich für morgen gerade dorthin bestellt hat. Der Ausflug zu den archäologischen Ausgrabungen wird sich auch dann lohnen, falls mein Rendezvous zu einer Enttäuschung führen sollte. Ich genieße meine erste Nacht in dem geräumigen Zimmer.

Natürlich bin ich unruhig, denn der nächste Morgen ist der, an dem ich meinem/r *E*-Mail Partner/in gegen-übertrete. Wird es tatsächlich die umwerfende Dame aus meiner Erinnerung sein? Hat sie jetzt ein paar graue Strähnen im Haar, ein paar Lachfältchen mehr? Werden wir uns auf Anhieb wiedererkennen? Fallen wir uns in die Arme? Wird die alte Liebe wieder aufflammen? Oder werde ich einfach nur bitter enttäuscht werden? Ich kann's nicht erraten. Der nächste Morgen wird mir die Lösung bringen!

Das Frühstück ist schmackhaft, ich sitze an einem Tisch mit Blick aufs Ägäische Meer. Weit entfernt zeichnet sich die Silhouette der Insel Kalymnos ab. Ich habe vor, eines Tages mit der Fähre diese Nachbarinsel zu besuchen. Dort sollen die besten Schwammtaucher angesiedelt sein. Aber erst einmal will ich Kos erforschen. Allem voran der Platane des Hippokrates einen Besuch abstatten, dann auch auf die drei Terrassen des Asklepeion klettern, das Nymphäum, die römische Villa mit ihren Mosaiken, und die Agora besichtigen.

Für heute ist mein Zeitplan festgelegt von dem, der? großen Unbekannten. Endlich soll der Schleier über der verirrten *E-Mail* gelüftet werden. Vor dem Hotel wartet ein Taxi mit laufendem Motor auf mich. Sitzt schon jemand im Fond? Vielleicht die Dame? Trägt sie ihr Haar jetzt ganz kurz? Gelockt, oder so glatt wie frisch gebügelt?

Nein, es sitzt niemand im Fond, die Spannung wird weiter aufrechterhalten. Der Fahrer hat klare Anweisungen wohin er mich bringen soll. Bevor wir abfahren, vergewissert er sich noch, dass ich mein Handy bei mir trage und dass es auf der Insel funktioniert. Dann geht's los auf einer glatten, gepflegten Asphaltstraße. Der Fahrer ist nicht gesprächig. Über seine/n Auftraggeber/in will er nichts sagen. Dass wir in Richtung der Inselhauptstadt fahren, kann ich an den Wegweisern ablesen. Die Entfernung nach der Hauptstadt Kos wird immer kürzer. Am Ortseingang gibt es ein paar archäologischen Ausgrabungen. Wir passieren das Odeon, die Reste eines von der Stadt verschlungenen Tempels und auch die Abzweigung, die zum Asklepeion führt. Der Fahrer bahnt sich seinen Weg durch den dichten Stadtverkehr. Er setzt mich vor einem strahlend weißen Gebäude nahe des Hafens ab. Eine schmale Gasse führt von hier in die Altstadt hinein. Ich bin fremd, ich war noch niemals hier. Ich fühle mich verloren. Was soll das Theater? Wer hat diese verrückte Schnitzeljagd inszeniert? Der Taxifahrer gibt mir erste Anweisungen. Ich soll durch diese Gasse in die

Altstadt hinein gehen, dann zweimal rechts und einmal links abbiegen. Danach würde mich mein Handy weiterführen. Ich bedanke mich und bezahle für die Fahrt.
Dann mache ich mich auf den Weg in die Altstadt. Wohnt sie hier? Im Gewirr der alten Gassen? Es würde ihr ähnlich sehen. Sowohl ihr Sinn für Romantik wie auch ihr Bedürfnis nach Authentizität würden hier befriedigt werden.
Das Straßenpflaster ist sehr uneben. Die Pflastersteine sind kaum behauen und immer wieder stolpere ich über einen in den Boden eingelassenen Marmorbrocken. Die Kante eines Kapitells oder auch ein Stück von einem Marmorfries sind in den Straßenbelag eingearbeitet. Kos ist seit der Antike durchgängig besiedelt gewesen. Jede Generation hat auf den Fundamenten der vorhergegangenen weitergebaut. Wo in der Antike ein griechischer Tempel stand, errichtete man in byzantinischer Zeit eine Basilika und heute steht dort eine orthodoxe Kirche. Geschichte und Gegenwart leben in Harmonie miteinander. Ich biege ab, wie der Taxifahrer es mir empfohlen hat. Auf einem Plätzchen, gesäumt von Kaffeehaustischen, klingelt mein Telefon. Ich flüchte mich unter einen byzantinischen Torbogen, um besser verstehen zu können. Eine mir fremde Männerstimme gibt mir Anweisungen, wie ich weitergehen soll. Die Altstadt ist sehr belebt. Hier drängen sich Einheimische und Touristen. In den Souvenirläden gibt es hauptsächlich Gegenstände mit dem Portrait des größten Mannes der Stadt. Hippokrates ist allgegenwärtig. Was macht die stolze Frau hier? In dieser Hochburg des Tourismus? Kann man hier leben, im Blick ständig den Andenkenramsch? Ist sie nicht nur mir, sondern auch sich selbst untreu geworden? Leitet sie eine kleine Fabrik, in der die Portraitbüste des Hippokrates in

rosa Plastik gegossen wird? Braucht sie meine Hilfe, um einen Engpass zu überbrücken?
Warum bin ich mir plötzlich so sicher, dass ich auf die seit langem verschwundene Frau treffen werde? Täuschen mich meine Gefühle? Die Stimme im Telefon hat mir gesagt, wohin ich gehen muss. Ich trödele nicht. Ich möchte rasch Gewissheit haben. Ich muss mir eingestehen, dass ich nervös bin. Werde ich heute die Erfüllung all meiner Wünsche finden? Oder wird nur eine Seifenblase platzen? Manche Hauswände scheinen seit der byzantinischen Zeit nicht mehr verändert worden zu sein. Zwischen Wohnhäusern ragen plötzlich die Säulen eines antiken Tempels auf. In das Pflaster haben Wagenräder durch Jahrhunderte ihre Spur gekerbt. Plötzlich wird es noch enger, als es schon war. Die Kaffeehaustische vom Kaffee rechts an der Straße treffen sich mit den Tischen von links. Ich schiebe Stühle zur Seite, entschuldige mich, wenn ich jemanden anstoße. Nachdem ich mich durch die Kaffeegäste gedrängt habe, stehe ich auf dem kleinen Platz, der ringsum von Kaffeehaustischen und Souvenirläden gesäumt ist. In der Mitte thront die weltberühmte Platane. Ihr altersschwaches Geäst wird von einem Gerüst aus Stahl und Marmor gestützt. Der Urahne aller Bäume ist in die Breite gewachsen und beschattet inzwischen fast das ganze Platanenplätzchen. Ringsum drängen sich viele kleine Läden, die alle das gleiche anbieten:
den Eid des Hippokrates, auf Papier gedruckt, in Marmor graviert, in Plastik gegossen und das in jeder Sprache der Welt, Aschenbecher und bunte Tücher mit dem Abbild des berühmten Mannes. Lauter Schnickschnack, den kein Mensch braucht, der aber die Souvenirjäger an diesem

magischen Ort glücklich macht. Rund um die uralte Platane drängen sich Besucher aus aller Welt. Natürlich überwiegen die deutschen Touristen in Shorts und Gesundheits-sandalen, aber auch englische, italienische, und französische Wortfetzen kann ich aufschnappen. Auch viele Griechen statten ihrem Vorfahren einen ehrfurchtsvollen Besuch ab.

Meine Anweisung ist klar. Ich soll mich an eines der wackeligen Kaffeehaustischchen setzen und einen "Kaffee ellenico " bestellen. Wenn ich es süß mag, dann soll ich "glyco" bei der Bestellung hinzufügen.
"Der wird ihnen schmecken."
Stimmt, die dicke schwarze Brühe mag ich. Aber was soll das umständliche Versteckspiel? Nach dem Kaffee dränge ich mich durch den Touristenstrom. Mit Mühe steuere ich auf die Mitte des Platzes zu. Ich drängele, werde geschubst, man tritt mir auf die Füße, rammt mir Ellbogen in die Seite. Geschimpft wird in einem internationalen Sprachenwirrwarr, ähnlich wie beim Turmbau zu Babel. Aber trotzdem, ich schaffe es. Ich schiebe mich durch den Ring der knipsenden japanischen Touristen und komme dem Stamm der alten Platane näher. So ein uralter Baum ist natürlich aufgeplatzt. Die empfindliche Innenseite ist mit roter Schutzfarbe bepinselt Wenn das Korsett aus Marmor und Eisen das uralte Geäst nicht stützen würde, könnte es sich kaum aufrecht halten. Nah am Stamm sitzt ein alter Mann in einem hellen Gewand. Er tippt auf der Tastatur seines schnurlosen *Laptops.* Ein breitkrempiger Strohhut schützt die sehr hellen Augen vor der Sonne. Die weißen Bartstoppeln bilden einen schönen Kontrast zu der von der Sonne dunkel gegerbten Haut. Sein Gesicht strahlt die

Gelassenheit eines gut gelebten Alters aus. Der alte Mann wird von gut drei Dutzend jungen Leuten umringt, Jungen und Mädchen. Alle haben sie Notizblöcke und Stifte in der Hand. Sie lauschen den Ausführungen des alten Mannes.

Mir fällt es wie Schuppen von den Augen. Jetzt ist alles klar! Hätte ich nicht meine Sehnsüchte in die *E-Mail* Adresse hinein interpretiert, dann hätte es kein Geheimnis gegeben: *ippocrates@platane.gr*

# 7
## DINNER

Sarinas Foto erinnerte mich an das aufwendigste Abendessen meiner Vergangenheit. Ich lebte in New York City. Sarina war in Nizza in sehr ungeordneten Verhältnissen zurück geblieben. Ich saß am Schreibtisch in meiner Galerie in der Greene Street. Eine große Sehnsucht, Sarina berühren überkam mich.
 Ich griff zum Telefon:
„Du fehlst mir. Ich möchte gern mit Dir zu Abend essen. Donnerstag nächster Woche?"
„Ja gern, wie wäre es mit der *Kleine Meerjungfrau* in Kopenhagen? Donnerstag 20:00 Uhr?"
*Das Restaurant gehörte sicher einem von Sarinas Kumpeln, dem ich einen Gefallen tun sollte.* Ja, warum nicht? Alles, was mich der dunkelhäutigen Schönheit näher brachte, war mir recht.
Also *Kleine Meerjungfrau* am Hafen von Kopenhagen. Ich ließ mich dorthin verbinden und machte die Tischreservierung.
Zwar lebte ich zu dieser Zeit in New York City und hatte auch noch einen Fuß in Nizza, aber mein Auto stand bei Freunden im Garten in München. Macht nix. *PANAM* war so freundlich, mich von New York nach München zu

bringen. (das war lange vor Lockerbie). Ich kam früh am Morgen in MUC an und hatte locker Zeit, den Wagen aufzutanken und in Ruhe nach Kopenhagen zu fahren. Damals gab es noch kein Navi. Ich musste mich also zum Hafen und zur *Kleinen Meerjungfrau* durchfragen.
Das Restaurant war nicht zu übersehen. Genau gegenüber des kleinen Felsens, auf dem die Meerjungfrau in Bronze sitzt.
Gut, dass gleich nebenan ein Hotel war, in dem ich unser Zimmer für die Nacht reservieren konnte. Zehn Minuten vor acht hielt mit ziemlichen Gedöns ein schweres Motorrad vor dem Restaurant. Zwei Gestalten in schwarzem Leder, mit schwarzen undurchsichtigen Helmen stiegen ab. Sarina nahm den Helm ab und schüttelte die, damals noch pechrabenschwarze Mähne. Sie stellte vor:
„Jacques, ein Kumpel. Er hat mich schnell hergefahren."
Sarina hatte Kumpel überall und jeder schuldete ihr noch einen kleinen Gefallen.
*Mal schnell 1.700 km hin und dann wieder allein zurück fahren, ist ja wohl nicht zu viel verlangt.*
Nachdem Sarina und ich uns an unseren Tisch gesetzt hatten, bestieg Jacques seine schwere Maschine und donnerte los zurück nach Nizza.
Die Speisenkarte war umfangreich und voller schöner Überraschungen. Wir speisten ausführlich. Schließlich trafen wir uns nur alle paar Monate, wenn zufällig mal alles zusammen passte. In diesem sehr bürgerlichen Restaurant mit überwiegend spießig gekleideten Gästen fiel Sarina in

ihrer schwarzen Leder Montur etwas auf. Na gut, Sarina fiel immer und überall auf. Das sehr schöne milchschokoladenfarbene Gesicht wurde von den übergroßen sehr dunklen Augen dominiert. Die Wangenknochen waren stark ausgeprägt. Damals hatte Sarina die Augenbrauen völlig rasiert, so fielen die Gazellen- Augen noch stärker auf. Das tiefschwarze Haar trug sie in einer harten asymmetrisch geschnittenen Frisur. Sehr futuristisch. Mal Avantgarde, mal Punk, mal Vamp, wer wagte es, diese Frau irgendwo einzuordnen? Sicher nicht ich, da ich wusste, dass Sarinas Geist an keine Grenzen stieß. Ihre Regeln machte sie sich selbst. Die waren verdammt locker. Was in irgendwelchen Gesetzesbüchern stand, interessierte Sarina herzlich wenig. Ihr Geist war schnell und passte sich jeder Situation an, um sie sofort zu ihrem Vorteil zu nützen. Sarinas zweitschärfste Waffe war ihr kurvenreicher Körper, den sie ebenso wirkungsvoll einsetzte, wie ihren von klugen Geistesblitzen geprägten Instinkt.

Das Essen war durchgängig vorzüglich. Im Gespräch kam wieder die alte Vertrautheit zurück. Zwischen uns gab es so etwas wie Schüchternheit oder aufgetragene Vertrautheit nicht. Da war alles echt. Wir kannten uns so gut, dass wir uns niemals etwas vormachen mussten. Wir waren hier, um etwas aufzuwärmen, das abgekühlt, aber nicht eingeschlafen war.

In dem sympathischen Hotel nebenan verbrachten wir eine grandiose Wiedersehensnacht. Vielleicht war es auch eine

Wiederliebesnacht? Auf jeden Fall eine besondere Nacht. Ihre afrikanischen Vorfahren hatten Sarina viel Leidenschaft vererbt. Wir gingen bis an den äußersten Rand des Möglichen.
Am Morgen saßen wir ziemlich erschöpft am Frühstückstisch. Dann fuhren wir mit meinem Wagen zurück nach München. Ich stellte das Auto wieder bei meinen Freunden ab. Wer weiß, in wie vielen Monaten ich es wieder brauchen würde? *PANAM* würde mich über den großen Teich zurück nach New York bringen.
Und Sarina? Sie hatte sicher irgendeinen Kumpel, der sich ein Vergnügen daraus machen würde, die schöne Frau im Auto oder im Flugzeug nach Nizza zu begleiten.
Mancher wird meinen, dies sei ein bisschen viel Aufwand für ein Abendessen gewesen. Tatsächlich ist es so, dass die schönen Dinge im Leben manchmal nicht rentabel sind.

# 8
## TROJANISCHE PFERDCHEN

Nur eine dünne Glasscheibe trennt unsere reale Welt von der virtuellen im World – Wide - Web. Parallele Welten sind seit Albert Einstein allgemein bekannt und akzeptiert.

Mit der virtuellen Welt im Netz verhält es sich ähnlich, wie mit der parallelen Welt der Waschmaschinen, in der immer wieder einzelne Socken verduften, um allein ein neues Leben zu beginnen.

Was ist los mit den Socken? Warum verziehen sie sich nicht paarweise, wie anständige Menschen das tun? Sich woanders ein neues Leben aufbauen? OK., warum nicht? Normalerweise ist das zu zweit einfacher. Ist da ein Einsamkeitswunsch in den Socken? Eine Sehnsucht nach einem Leben in Ruhe, ganz ohne Konflikte, die wir Paarmenschen nicht nachvollziehen können? Oder sind uns die Socken einfach überlegen? Selbstbewusster? Sie trauen sich, weil sie keine Angst haben vor dem Skandal in der Familie? Dem Scheidungsanwalt? Den Alimenten? Den ungeklärten Rentenansprüchen?

Nun, die parallele Welt der Waschmaschinen mit integrierter Sockentrommel ist leicht überschaubar im Vergleich zu den verschlungenen Pfaden die das World – Wide -Web nimmt.

Sie, ich, wir alle versenden und erhalten E-Mails. Viele kommen an, manche versinken in der Unendlichkeit des Raumes. Ein physikalisches Problem? Oder nur eine falsche Abzweigung? Ein elektronisches Raster, durch das die Mails fallen? Wer sammelt die, die nie ankommen, ein? Schwebt da zwischen Mars und Venus im All ein gigantischer Papierkorb? Oder hockt in irgendeiner verkommenen Absteige ein buckeliger Gnom, bei dem alles Verlorene zusammenläuft und dem der Speichel aus den Mundwinkeln trieft, wenn er die unanständigen Vorschläge liest, die Lilly ihrem Harry macht?

Mit wem wir verbunden sind, wenn wir mailen, das ist nicht immer klar. Schon allein der Weg zur Mailbox ist umständlich. Bei mir zum Beispiel poppen immer wieder ungebetene Werbeseiten hoch, die ich mit der Maus wegdrücke, bevor mir ein windiger Geschäftscomputer etwas abbucht. Die Virenschutzprogramme, die mir Angst machen wollen vor Viren, Würmern und Trojanischen Pferden, die haben plötzlich "2741 Strenge Fehler festgestellt" in meinem Computer. Das Programm soll ich runterladen, sonst "wird das Eis dünn." Probleme über Probleme, die ich mir mit dem Internet eingefangen habe. Früher war meine Welt überschaubar. Ich ging mit Dingen um, die ich verstand und die mich nicht pausenlos vor neue noch schwierigere Entscheidungen gestellt haben. Virenschutz hab ich. Schon zwei verschiedene Programme. Brauche ich wirklich ein drittes, um die beiden anderen zu kontrollieren?

Oder die halbausgezogenen Mädchen, die alle so tun, als

würden sie mich persönlich kennen, um mich in ihr elektronisches Nest zu locken. Wer steckt hinter Mandy? Sandy? Pia, Tiffany und Vanessa? Der unbefriedigten Hausfrau? Vielleicht ein pickeliger Jungprogrammierer oder ein ausgefuchstes Computerprogramm, das keiner menschlichen Hilfe mehr bedarf? Weder mit dem einen, noch dem anderen möchte ich mich einlassen, auch wenn auf dem Bild das lange Haar glänzend und der Busen überzeugend straff ist. Die Glasscheibe zwischen der Verführung und mir rückt das Ganze ins rechte Licht. Da sind keine weiche Haut und kein betörender Duft. Da gibt's nur glattes, spiegelndes Glas, hinter dem eine Macht lauert, die an mein Konto will.

Das Ganze läuft über das Telefonnetz. Ich brauche DSL. Haben auch sie schon mal einen klugen Kundenberater gefragt, wofür das Kürzel steht? Dauerhafte Schnell Liebe? Ich weiß es nicht und auch der Fachmann hat keine Ahnung. Er meint, damit es schneller geht. Aber er kann mir nicht sagen, was die Buchstaben bedeuten. Deutsche Ski Loipe? Das Netz ist voller Wunder und Fragen. Die tiefsten Geheimnisse werden wir nie aufklären können. Die Spezialisten wissen zwar etwas mehr als wir. Aber auch sie durchschauen nicht alle elektronischen Mythologien.

Die Erfinder des Netzes haben sich das Ganze anders vorgestellt. Sie haben an alles gedacht, nur nicht daran, dass aus dem zweidimensionalen Netz ein dreidimensionales Monster mutieren könnte. Da haben wir's:

Meine Mail, ihre Mail, unser aller Mails können nicht nur eine falsche Abzweigung nach links oder rechts nehmen, nach oben oder unten. Nein, sie können auch nach vorn oder nach hinten verschwinden und niemand wird sie je wieder lokalisieren können. Das ist nun wieder wie bei den Socken in der Waschmaschine.

Futsch die guten Wünsche an die Erbtante Johanna. Dann erbt eben ein anderer und mir bleibt nur Zähneknirschen. Die alte Misstrauische will nicht glauben, dass die Wünsche zwar abgesandt, aber nicht angekommen sind. Und was Brigitte zu später Stunde ihrem Lars ins Ohr säuseln wollte, fiel anscheinend einer weltweiten Zensur zum Opfer. Gibt es eine Zensur für E-Mail Texte?

Wenn Sie etwas wissen, dann sagen sie es mir bitte. Ich weiß nur, dass einige meiner nicht jugendfreien Angebote nie angekommen sind.

Trotzdem, wenn die Schweinereien als Werbung verpackt sind, dann springen sie jeden www. Besucher an:
"Zwei Millionen Singles warten auf Dich."
Was für eine Drohung! Ich würde doch schon bei mehr als einer schlapp machen.

# 9
## ZUZZANNAA

Ich rollte in der eben geerbten Karosse von Onkel Bullarutzi auf dem Neumarkt in Köln. Autos vor mir, hinter mir. Autos links und Autos rechts. Der Uralt-Schlitten, den der Onkel für seine Bedürfnisse großzügig umgearbeitet hatte, stammte aus einem anderen Jahrhundert. Bullarutzi hatte die edle Rostschicht aufgetragen. Der olle Mercädäz war ein Schönwetterauto. Der Onkel hatte das Dach weg schneiden lassen und die Türen mit dicken Vorhängeschlössern gesichert. Der Innenraum war ringsherum mit Blümchentapete verschönt und die Sitze waren vom gehobenen Sperrmüll. Polstersessel mit Schnörkelbezug. Wer mich überholte, verlangsamte sein Tempo, streckte den Hals und versuchte zu verstehen, was er da sah. Das Dach des Autos hatte der Onkel samt den Holmen abgesägt, die spießigen lederbezogenen Sitze rausgeschmissen und durch farbenfroh geblümte Sessel ersetzt. Bullarutzi war bis zu seinem Tode Individualist geblieben und jetzt hatte ich das rollende Prunkstück geerbt.

Rollend? Nicht immer. Plötzlich gab es einen Knall, wie von einer Explosion, schwarzer Qualm hüllte mich ein. Dazwischen das Zischen von heißem weißem Dampf. Der zog scharfe Linien in das unförmige Gewaber des Qualms. Für einen langen Augenblick war die Umwelt für mich verschwunden. Der beißende Qualm war undurchdringlich.

Hatte mich Bullarutzis Wundermaschine mit einem Zeitsprung in eine andere Welt katapultiert? Keine Ahnung. Kann schon sein. Wenn einer nicht immer geradlinig war, dann war das Bullarutzi. Ich rieb mir die Augen, aber dadurch wurde meine Weltsicht nicht klarer. Der alte Mercädäz, außen Rostlaube, innen Blumenbeet stand mit mir an Bord unbeweglich im dichten Verkehr. Das Hupkonzert setzte augenblicklich ein. Als der Qualm sich etwas verzogen hatte, sah ich, dass auf der Rückbank, einem schönen geblümten Biedermeiersofa mit güldenen Armlehnen, jemand saß. Ich traute meinen Augen nicht. Eine Halluzination? Meine neue Begleiterin war eine bildschöne Orientalin. Ein Märchen aus 1001 Nacht. War ich vielleicht der Prinz? Die schöne Frau räkelte sich wollüstig. auf dem etwas zu farbigen Bezug mit Leda und dem Schwan, einen Arm lässig über die vergoldete Armlehne gelegt. Sie begann mit einer rauen wunderschön modulierenden Stimme zu erzählen:

„Ja, weißt du, Leda, die hier auf diesem Gewebe, war eine meiner Ur-ur-ur-ur-Ahninnen. Fast wäre ich nicht geworden. Die Legende hat die Geschichte geschönt. In Wirklichkeit hatte der Schwan Erektionsstörungen. Und trotzdem leitet ihr von ihm das schöne deutsche Wort „Vögeln" ab. Leda hat es dann noch mal mit Paris von Troja versucht und der war ein potenter Kerl. Paris hat seine Helena schnell vergessen, obwohl später die ganze griechische Nation nach ihr benannt wurde.

Aber hör mal Olaffur, dies ist kein guter Ort für Gespräche. Lass uns woanders hingehen." Tatsächlich war das Hupkonzert um uns herum unerträglich laut geworden.

Wir verließen unsere weichen Polster. Bullarutzi hatte im Auto immer ein kleines Holzbänkchen liegen gehabt, damit

man leicht über die geschlossenen Türen klettern konnte. Sie waren wegen der Ketten und Vorhängeschlösser etwas umständlich zu öffnen.
„Komm", sagte Zuzzannaa, „wir nehmen die Polstermöbel mit, die werden sonst geklaut, hier im heiligen Köln. Die olle Kiste lassen wir stehen. Die rührt niemand an, bei ihren 3 Tonnen Lebendgewicht."
Auf dem Bürgersteig war ein Café. Wir rückten unsere antiken Sessel an einen leeren Tisch und ließen uns nieder. Zuzzannaas Augen schimmerten tiefschwarz aus dem gebräunten Gesicht. Gazellen- Augen, wie die Araber sie nennen. Ihr Gesicht war gleichmäßig, mit hohen Wangenknochen und vollen Lippen, die dort wo der Lippenstift etwas verwischt war, bläulich schimmerten. Zuzzanna war eine orientalische Schönheit, nicht mehr ganz frisch, aber im Einklang mit sich selbst. Trotz der runden, sehr weichen Konturen ihres Körpers. Wahrscheinlich hetzte sie nicht jeder „Neue Diät" aus den Zeitschriften nach. Sie strahlte die ruhige Gelassenheit eines gut gelebten Lebens aus.
„Leda war übrigens nur eine Episode in meinem Stammbaum. Ich kann meine Familie zurückverfolgen bis zur Königin von Saba. Da gab es allerdings Knatsch. Die Sabathäer wollten den Bastard, den die Königin mit King Salomon gezeugt hatte, nicht anerkennen. Mein Ur-ur-ur-ur-Ahne ging also nach Babylon. Schöne große, chaotische Stadt. Ungefähr so, wie heutzutage New York. In Babylon hatte er einen Quicky, oder zwei, mit der schönen Königin Semiramis, du weißt die, für die König Nebukadnezar die hängenden Gärten mitten auf den Marktplatz knallen ließ. Dann war ein paar Jahrtausende nichts Besonderes. Leute machten Liebe, mit oder ohne Schwan, zeugten Kinder,

mehr oder weniger bekannte. Einer hieß Cheops und ließ eine große Pyramide bauen, so viel vergeudete Manneskraft! Irgendein griechischer Gott begattete, als Stier verkleidet, eine Prinzessin auf Kreta, auch eine Episode meines Stammbaumes. Apropos Baum: natürlich verführte Hippokrates im Schatten seiner Platane auf Kos eine Vorfahrin, daher kommen das Intellektuelle in mir und die vielen Akademiker in meinem Stammbaum. Sehr viel später, im Mittelalter bereiste eine orientalische Schönheit Italien. Sie ließ sich verführen vom unwiderstehlichen Giacomo Casanova. der gerade aus den Bleikammern Venedigs geflohen war. Danach gab's auch noch irgendeinen französischen König, einen Louis XIV? Louis XV? Was weiß ich. Außer Albert Einstein und Frida Kahlo war in der Neuzeit nichts Besonderes. Ach ja, Gamal Abdel Nasser hat meine Großmutter nach Ägypten zu sich geholt und sie ziemlich glücklich gemacht. Leider krachte es im Sechstage- Krieg.

Und jetzt bin ich hier in Köln. Ich kenne ein schönes Hotel in dieser Nachbarschaft. Wollen wir ausprobieren, ob wir dem Stammbaum ein weiteres Zweiglein hinzufügen können? Ich hätte Lust auf ein Techtelmechtel"
Solch ein Angebot kann ich nicht ausschlagen.

# 10
## WAS NUN?

Die drei edlen Herrschaften waren lange gereist auf staubigen Sandpisten. Es war heiß gewesen und manchmal kalt. Die Sonne hatte sie geblendet oder die Sterne hatten geflimmert. Es hatte auch ekelige Sandstürme gegeben, in denen sie sich Mund, Augen und Nase mit feingewebten Tüchern schützen mussten.
Immer gab es dieses grelle Zeichen am Himmel, dem sie folgen sollten, so hatte ihr Herr gesagt. Obwohl alle drei daran gewöhnt waren, Befehle zu geben, hatten sie doch dieses Mal auf den Buchstaben genau gehorcht. Eine ziemlich schwierige Umstellung.
Sie waren dem Stern am Himmel gefolgt. Sie hatten das unbekannte Dorf Bethlehem gefunden und auch den Stall, der ihnen voraus gesagt worden war. Die Tür aus den schweren Bohlen hatte geknarzt. Und tatsächlich: im Inneren waren die Tiere. Kühe, Esel, Schafe und das erschöpfte Paar. Auch das Kind war bereits geboren und quengelte in seiner Krippe.
Die drei Männer hatten eine weitere Aufgabe zu erledigen. Sie sollten die schön verpackten Geschenke abliefern. Gold, Weihrauch und Myrrhe. Was macht ein quäkendes Baby mit Gold? Gut Weihrauch und Myrrhe könnten die Gerüche im Stall überdecken. Das war, zumindest für die Eltern, eine Erleichterung. Die Männer hatten die

Geschenke abgeliefert. Das war erledigt. Weiter gingen die Vorschriften die sie erhalten hatten nicht. Der jüngste der drei ging zur Stalltür und öffnete sie. Oh endlich frische Luft. Aber draußen war finsterste Nacht. Kein Stern mehr am Himmel.
Er drehte sich um zu den Kumpanen und fragte überrascht: „Was nun?"
Kaspar und Melchior antworteten im Chor: „Ich weiß auch nicht."
Die drei Weisen hatten bis hierher genau den Vorschriften ihres Herren gehorcht. Von diesem Punkt an waren sie auf sich selbst gestellt.
Das Baby in seiner Heukrippe dachte schneller, als alle anderen. Es krähte:
„ Dreihundert Schritt geradeaus, in der ersten Querstraße rechts ist die Taverne. Unten gibt's zu trinken. Oben sind die Frauen."
Klar, was machen drei weitgereiste Geschäftsleute, fern von zu Hause? Erstmal ein warmes fröhliches Nest suchen. Das Neugeborene hatte Recht. Die drei weisen Könige zogen im Gänsemarsch los. Ihre Dromedare blieben im Hof hinter dem Stall.
Tatsächlich, der Wein mundete gut in dieser Taverne und die Frauen im Obergeschoss hatten mehr Temperament, als die Herren zu träumen gewagt hatten. Die Damen zeigten sehr großzügig ihre Rundungen und alles, was sie von den Männern unterschied. Die drei edlen Reisenden waren gut ausgestattet mit vielen Gold- und Silbermünzen, außerdem zeigte ihr reicher Schmuck, dass da noch mehr zu holen war. Die Damen gaben sich also alle Mühe, diesen

drei Fremden die Nacht zu versüßen. Es wurde eine großartige sinnliche Nacht für die drei Männer. Die lange Enthaltsamkeit auf dem Rücken der Dromedare war vergessen.

Kaspar, Melchior und Balthasar fiel es am nächsten Morgen sehr schwer, sich von den reizvollen Gefährtinnen zu trennen. Also luden sie die ein, sie, zumindest einen Teil des Heimweges, zu begleiten.

So kam es, dass am nächsten Morgen eine merkwürdige Karawane das verschlafene Dorf Bethlehem verließ. Auf drei Dromedaren saßen jeweils ein König mit güldener Königskrone und in üppig bestickten Gewändern und außerdem eine sehr leicht geschürzte Dame, die viel von ihren langen Beinen zeigte.

Niemand hatte daran gedacht, dass es die letzten drei Tage und Nächte pausenlos geregnet hatte. (es war ja die kalte, regnerische Jahreszeit). So wurde die kleine Karawane in einer engen Schlucht von einem Erdrutsch überrascht. Die Legende vom verschütteten Schatz wurde von Generation zu Generation weiter erzählt.

Als Jahrhunderte später gierige Schatzsucher in der engen Schlucht ausgruben, fanden sie tatsächlich drei goldene Kronen, viele wertvolle Schmuckstücke und sechs komplette Skelette. Welche der Knochen allerdings zu den *Heiligen Drei Königen* gehören und welche zu den drei leichten Mädchen, das lässt sich heute nicht mehr sagen.

Sie liegen, liebevoll vermischt, im „Dreikönigsschrein" des Kölner Doms und sind, immer noch, eine Pilgerreise wert.

# 11
## DIALOG

*Mitgehört, ohne neugierig zu sein, am 27. 06.2015*

**Er:** Was erwartest Du von mir?
**Sie:** ich will einen dominanten, energischen Kerl.
Der mich an meine Grenzen führt und darüber hinaus.
Ich bin nicht so brav, wie ich aussehe.
Ich will meine Fetische ausleben.
Du musst mich Tier sein lassen und mich an der
Leine führen
Auch Outdoors.
Tier mit Halsband zu sein, ist mein größter Wunsch.
**Er:** habe keine Erfahrung mit Leine und Halsband.
Aber wenn Du beides mitbringst, führe ich dich
Outdoors
spazieren
**Sie:** Oh schön. Wann?
**Er:** Morgen.
Du bringst das Halsband.
Am liebsten braunes Leder mit Strassteinchen
und einer soliden Öse aus Metall um die Leine
einzuhängen.
Du musst Schuhe mit sehr hohen Absätzen tragen.
Die langen Beine in Nylons mit Naht.

Ein kurzes, knallrotes Röckchen.
Nichts drunter. Absolut nackt.
Einfacher, weißer Top.
Hohe Absätze sind wichtig, damit der Hintern sich wölbt.
**Sie:** klingt gut.
**Er:** dann Morgen 15.00 Uhr.
Nicht vergessen:
hohe Absätze,
Nylons,
kurzes Röckchen, nichts drunter.
Stolzer Gang.
*Ich war etwas überrascht*
**Er:** Erst üben wir an der Leine gehen in der Wohnung.
Dann gehen wir hinaus auf die Straße.
Gehen durch meine Nachbarschaft.
Kehren ein.
Ein Schälchen Wasser für dich.
Ein Glas Wein für mich.
*Das war zumindest konsequent.*
**Sie:** Gut 15.00 Uhr.
Genau richtig.
Bin jetzt schon feucht.
**Sie:** Darf ich danach bleiben, Dir dienen?
**Er:** Ja Du darfst.
Bei mir wohnt mein Freund, in meiner Hose.
Dem darfst du auch dienen.
**Sie:** Werde Euch beiden dienen und euch verwöhnen.

# 12
## OCTOPUSSY

*Wenn man mal was essen muss*
*dann brät man sich 'nen Octopus*

Natürlich brät sich niemand einen Storch in Griechenland. Drum steht dieser Octospruch in griechischer Schönschrift über dem Eingang der Taverne von Yanni Acropopoulous in Kalithea auf Rhodos.
Die schlichte Taverne ist hübsch auf einem niedrigen Felsvorsprung in der kleinen Bucht über dem Sandstrand gelegen. Klar, wie fast alle griechischen Tavernenköche grillt Yanni gern Octopus, den achtarmigen kleinen Bruder der Krake. Der Octopus hat als einzige Unterwasserspezies das Überfischen der Ägäis mit Dymamit überstanden und sich sogar, wegen der fehlenden Konkurrenz, rapide vermehrt. Darum halten einige Überkluge den kleinen Kraken für besonders schlau. Das ist Quatsch, darf ich Ihnen sagen. Der Octopus ist doof, unterbelichtet, beschränkt. Ein Depp der Meere. Er bringt alles durcheinander einschliesslich seiner acht Beine. Denken ist nicht seine Stärke. Dafür hat er vielleicht zu viele Beinmuskeln an Stelle der grauen Zellen.
Schon Angriff und Verteidigung kann er nicht richtig auseinanderhalten. Da geht's ihm ähnlich wie den meisten Regierungen, die auch immer behaupten, Verteidigungskriege zu führen, wenn sie einen schwächeren Gegner überfallen.

Einmal tauchte ich an einer löchrigen Felswand bei Karthago in Tunesien hinunter. Ehrlich, das war kein Naturfelsen, sondern das waren Reste der antiken Stadtmauer, die jetzt ungefähr sechzig Meter vom Ufer entfernt unter Wasser zerfällt. So eine alte Stadtmauer ist natürlich löchrig wie der schlimmste Schweizer Käse. Ein idealer Lebensraum für faule Oktopussis. Der, um den es ging, hatte sieben Beine in seiner Höhle verstaut und das achte einfach lässig aus der Höhlenöffnung baumeln lassen. Wahrscheinlich war er mit den vielen Tentakeln überfordert. Aber so wusste ich, wo er sass. Wie gesagt, Angriff und Verteidigung auseinanderzuhalten ist nicht seine Stärke. Ich steckte einfach meinen Arm in die Höhle. Der Depp umschlang mich und saugte sich fest. Acht Tentakeln mit unendlich vielen Saugnäpfen umklammerten meinen Arm. Wahrscheinlich glaubte der Dummkopf, jetzt hätte er mich gefangen. Nix da! Ich hatte ihn, oder war es andersherum? Er klebte an meinem Arm. Die paar Meter zum Strand hatte ich schnell geschwommen. Meine Beute oder mein Gegner? war ein mittelgrosses Exemplar mit zwei schleimigen Glubschaugen und einem schnabelartigen Mund. Ich zog mir seine Fangarme vorsichtig von meiner Haut. Noch tagelang hatte ich die knallroten Markierungen der Saugnäpfe auf meinem Arm, dann verfärbten sie sich langsam über blau zu bräunlich, ähnlich wie Knutschflecken. Nur kleiner und ganz eng beeinander liegend. Wir wohnten nur fünfzig Meter vom Ufer entfernt. Zu Hause präsentierte ich stolz meine Beute. Oder präsentierte der Achtarmer mich? Als meine Frau die Holzkohlen im Grill anzündete, wurde klar, wer hier gewonnen hatte. Aber jetzt war es zu spät, als dass ihm dieses Abenteuer eine Lehre hätte sein können. Drum bleibt der Octopus blöd.

Acht Beine sind wohl tatsächlich ein bisschen zu viel. Oder haben Sie schon einmal ein Weibchen, eine *Octopussy,* gesehen, die sich ordentlich hinsetzen konnte und viermal gleichmässig ein Bein über das andere schlug? Nein, sie bringt alles durcheinander und sieht schliesslich aus wie ein schlecht geflochtener Zopf. So tritt man in der Öffentlichkeit nicht auf.

Der Octopus ist doof. Er glaubt, wenn er nichts sieht, dann kann man ihn auch nicht sehen. Darum wohnt er gern in dunklen Felslöchern, aus denen er manchmal lässig ein Bein heraushängen lässt. Nein, das hat nichts mit Rotlichtmilieu unter Wasser zu tun. Bei der grossen Anzahl der Beine vergisst er schon mal eins draussen vor der Tür. Man müsste ja bis acht zählen können Diesen Hang zur intellektuellen Schlamperei machen sich die Fischer auf Djerba zunutze.
Vor dieser Tunesischen Insel ist das Wasser flach und der Boden sandig. Also nix für Tintenfische. Aber es gibt auf Djerba eine jahrtausendealte Töpfertradition. Der kluge Djerbianer zählt eins und eins zusammen. Octopus plus Amphore = Mittagessen. Und fischt seit Jahrtausenden so: einfache Tonvasen in Amphorenform werden an den Henkeln mit einem Seil verbunden und in langen Reihen auf dem Meeresgrund ausgelegt.Sieht aus wie Reihenhäuser in einem Vorort. Die dummen Tintenfische sind überrascht und sagen sich: "Ooch, guck mal. Sozialer Wohnungsbau." Sie ziehen ein in die künstliche Höhle, weil sie nix begriffen haben.Sie vergessen ganz, dass im

Kapitalismus nichts umsonst ist. Dann tun sie schrecklich überrascht, wenn sie in einer Wanne voller Eis auf dem Fischmarkt landen.

Ich nehme an, dass sich diese Methode am Mittelmeer herumgesprochen hat und dass auch die Fischer von Rhodos nicht mühselig jedes Loch im Fels nach den schmackhaften Viechern durchsuchen, sondern ihnen die Reihenhäuser anbieten.

Ich ging also öfter mal hinunter ans Meer zu Yannis Taverne. Auf seiner Speisekarte standen täglich Octopussys, kleine, grosse, gegrillte oder geschmorte mit ganz unterschiedlichen Beilagen. Natürlich wusste Yanni bald, dass mein persönlicher Octopus keine grossen Umstände brauchte. Ich ass ihn am liebsten ganz frisch aus dem Wasser, gegrillt, auf Holzkohle ohne großen Aufwand, gutes Olivenöl dazu, etwas Knoblauch, ein paar Kräuter und viel frische Zitrone. Yanni und ich unterhielten uns über alles. Die Welt im Allgemeinen, unsere Familien, die Frauen sowieso, das Meer, das Fischen als Lebensunterhalt, die Fänge, die immer spärlicher werden, und den Octopus im Besonderen. Ich erzählte von meinen Erfahrungen auf Djerba.
Yanni berichtete von sehr geheimnisvollen Fangmethoden, die sein eigener Urgrossvater entwickelt hätte und die ein streng gehütetes Familiengeheimnis seien. Nur er, Yanni, und seine männlichen Nachfahren würden lernen, wie man nach einzigartiger Familientradition den gerissenen Tintenfisch überlisten könne. Ein Gegner, raffinierter, als Odysseus gewesen sei.
Das klang nach großer Mythologie.

Eines Abends nach dem Essen führte mich Yanni wortlos zu seinem Schuppen, öffnete ein uraltes verrostetes Schloss. Die Tür knarrte wie in einem Hitchcock-Film. Voll Stolz zeigte er mir die bis an die Decke gestapelten Amphoren.

Ich sag's ja, Tintenfische lernen's nie!

# 13
## RUCKSÄCKE

Ist ihnen auch schon aufgefallen, dass immer mehr Menschen ihr Hab und Gut auf dem Rücken mit sich herumschleppen?
Der Rucksackindustrie muss es blendend gehen.
Auf dem Trottoir in der Kölner Einkaufsstraße bleibt die Dame vor mir plötzlich stehen und dreht sich zum Schaufenster. So versperrt mir die riesige Beule auf ihrem Rücken den Weg. Keine Chance daran vorbeizukommen. Hier ist Schluss. Ich muss auf die andere Straßenseite wechseln. Ob wichtig oder unwichtig, ob harte oder weiche Gegenstände, man schnallt sie sich auf den Rücken.
Jeden Morgen bringt Britta ihre kleine Elsa auf dem Fahrrad in die Kita. Die Kleine sitzt in einem schrecklich pink farbigen Kindersitz mit allen Prüfsiegeln, TÜV, EU, direkt hinter der Mutter auf dem Fahrrad. Elsas Gesicht ist in Höhe des Rucksacks ihrer Mutter.
 Britta tut nur das Beste für ihr Kind. Schließlich verdient ihr Mann genug, um seine kleine Familie mit allem Komfort zu versorgen. Er bezahlt Britta auch den Privat Trainer im Fitnessstudio. Und darum weint die kleine Elsa jeden Morgen. Britta hat ihr Fitnesszeug, die Schuhe, die Trinkflasche und alles andere in ihrem Rucksack den sie der kleinen Elsa morgendlich auf dem Fahrrad ins Gesicht haut. Das Kind ist grün und blau im Gesicht. Britta ist sich

keiner Schuld bewusst. „Die Kleine hat wahrscheinlich schlecht geschlafen. Sie ist morgens immer so quengelig." Erklärt die Mutter.

Ich meine, wenn Mutter Natur gewollt hätte, dass wir unsere Sachen auf dem Rücken herumtragen, dann hätte sie uns irgendein Schließfach hintendrauf mitgegeben. So wie den Schnecken, die ihr Haus schleppen müssen.

Ganz furchtbar ist's im Flieger, wenn ein paar Naturverbundene ihre Riesen Outdoor Rucksäcke durch den engen Gang drücken. Links und rechts entrüsten sich die älteren Herrschaften oder fallen gleich in Ohnmacht. Es sieht aus, als wollten die jungen Rucksackbepackten in dem schmalen Gang ihre Zelte aufbauen, eine Feuerstelle einrichten und für die nächsten sechs Wochen bleiben. Sicher haben sie Proviant und Kleidung zum Wechseln eingepackt, vielleicht sogar eine Trockendusche?

Im Supermarkt steht die hochgestapelte Pyramide aus Konservendosen. Die junge Frau hat wohl vergessen, dass sie zusätzliche 60 Zentimeter auf ihrem Rücken hat. Also genügt einmal umdrehen und der Berg von Blechdosen fällt laut scheppernd in sich zusammen. Dem herbei geeilten Filialleiter erklärt sie: „Keine Ahnung wer das Ding umgeworfen hat. Ich war's auf jeden Fall nicht."

Stimmt, es war ja ihr Rucksack.

# 14
## AUSSTELLUNG

Es gibt Kunst – Ausstellungen, die bewundert man wegen der Qualität ihrer Einzelstücke. Und dann gibt es Ausstellungen, die bewundert man weil die Gesamtheit so gut konzipiert ist.
So war es vor einigen Jahren in Berlin als die Nofretete-Ausstellung im alten Ägyptischen Museum neu ausgerichtet worden war. Nofretete gilt als die bedeutendste Porträtbüste der Welt, gleichzeitig war sie der Höhepunkt des neuen Arnera Stils- einer Revolution in der ägyptischen Kunstgeschichte. Die Macher des Ägyptischen Museums führten die Besucher durch die Entwicklungsgeschichte des damals revolutionären Kunststils.
Die Ausstellung begann mit Portraitbüsten des Herrscherpaares der Generation vor Echnaton und Nofretete. Auch wichtige Persönlichkeiten des Hofes, wie hohe Beamte und Hofschreiber, wurden gezeigt. Immer in dem sehr symbolhaften, von rigorosen Vorschriften geprägten, klassisch ägyptischen Stil. Langsam lockerten sich die symmetrischen vorgegebenen Formen. Die Herrscher durften so etwas wie menschliche Züge zeigen. Eigentlich eine Unmöglichkeit für eine Zeit, in der der Pharao nicht nur gottähnlich, sondern direkt göttlich war.

Das Paar auf dem Herrscherthron war Symbol des Göttlichen. Niemand sollte sich vorstellen, der Pharao hätte menschliche Züge. Oh nein.
Der alte Stil verbot alle Menschenähnlichkeit.
Je näher die Ausstellung Echnaton und Nofretete kam, desto mehr lockerten sich die Regeln der Darstellung. Jetzt gab es Hofschreiber, die gekrümmt über ihrem Tintenfass saßen. Der Kanon war gelockert. Hofbeamte sahen aus wie Menschen, die ein Amt ausüben. Selbst der Pharao und seine göttliche Gattin nahmen etwas menschliche Züge an. Echnaton war nicht mehr die unnahbare Statue. Er wurde zum vermenschlichten Herrscher mit dem schmalen hohlwangigen Gesicht, den ausgeprägten Wangenknochen und dem überlangen Kinn. Auf einmal kam es zum Eklat. Ein kleines Relief, das damals alle Regeln brach, wahrscheinlich als pornografisch empfunden wurde: Pharao Echnaton und seine Gemahlin Nofretete stehen nebeneinander, wie ein Menschenpaar und—oh Schreck! Die beiden berühren sich an den Händen. So, als ob sie Gefühle hätten, die nichts mit der Zukunft des Universums zu tun hätten.
Der komplette Bruch mit allen Regeln! Von diesem Augenblick in Arnera kamen die Bildhauer dem Paar immer näher. Echnaton ähnelte einem menschlichen Herrscher und nicht der vergöttlichten Statue. Nofretete, nun ja, eine der schönsten Frauen ihrer Zeit, aber keine Göttin.
Die Büsten standen auf schönen Sockeln, die Reliefs hingen an der Wand. Die Zuschauer drängten sich an den Exponaten vorbei. Wunderbar, wie dieser Weg konzipiert war. Auch wenig informierte Besucher mussten verstehen,

dass in Nofretetes Epoche ein gewaltiger Umbruch stattgefunden hatte. Das Königspaar wurde jetzt immer häufiger wie zwei ineinander Verliebte gezeigt. Ihre Gesichtszüge wurden weicher und zeigten immer mehr Ausdruck. Dann kamen einige wunderbare Büsten des großen Echnaton, der das Reich so vollkommen umgekrempelt hatte.
Und dann: die erste Studie für die große Nofretete Büste. Der Vorarbeiter hatte mit Holzkohle einige Korrekturen vorgezeichnet.
An diesem Tag besuchten Menschen der ganzen Welt diese ausgezeichnete Ausstellung. Ich hörte amerikanisch sowohl aus Texas, wie aus NYC. Feinstes Oxford English. Französisch, Belgisch, Deutsch und sogar bayerisch. Mehrere Familien aus Quatar oder Saudi Arabien waren dort.
Und dann ein sehr ungewöhnliches Paar: die Herrin mit verbrauchtem bösen Gesicht, den unförmigen Körper mit einem schwarzen Kleid verhüllt, saß im Rollstuhl und ließ alle Welt merken, dass sie sehr unzufrieden war. Ihre Dienerin, eine große schlanke Frau mit herbem Gesicht, versuchte die Unfreundlichkeit ihrer Chefin abzufedern. Die beiden unterhielten sich in einem leicht schwingenden Hocharabisch, ähnlich wie es die sehr gute Gesellschaft in Kairo spricht.
Jetzt noch durch einen Torbogen und wir kamen ins Heiligste des Heiligen. In der exakten Mitte des runden Raumes ruhte die weltberühmte Nofretete- Büste in ihrem Panzerglas- Kubus. Wunderbar ausgeleuchtet. Besser lässt sich dieses Meisterwerk nicht präsentieren. Die

unzufriedene Alte ließ sich im Rollstuhl zwei komplette Runden um die Skulptur schieben. Sie war nicht zufrieden und machte in Richtung ihrer Helferin ein paar unfreundliche Bemerkungen. Sie versuchte auch einmal aufzustehen. Sie hätte gern das berühmte Portrait auf Augenhöhe gesehen.

Nach dem runden Saal mit der Nofretete- Büste gab es noch einen kleineren rechteckigen Raum, in dem einige gut erhaltene Schriftstücke aus dem Palast des Echnaton gerahmt an der Wand hängen. Papyri aus dieser Epoche sind für Wissenschaftler ganz gut zu entziffern, auch wenn es manchmal Unsicherheiten gibt.

War die alte missmutige Frau in ihrem Rollstuhl eine Expertin für antike Schriftstücke? Auf jeden Fall ließ sie sich einige der Schriftstücke von ihrer Dienerin in deren singenden Dialekt vorlesen. Einmal war sie gar nicht einverstanden und keifte ziemlich böse mit ihrer Angestellten. Die bemühte sich, ihre Übersetzung zu verteidigen, aber die Alte beschimpfte sie nur unflätig wegen ihrer Unfähigkeit.

Die Dienerin richtete sich hoch auf. Sie nahm all ihren Mut zusammen und sagte mit harter Stimme:

„Du musst dich dran gewöhnen, dass Du nicht immer im Recht bist, Nofretete."

# 15
## 311 NACH KALITHEA

Schwierigkeiten mit dem öffentlichen Nahverkehr gibt es überall auf der Welt. In den südlichen Ländern hat man manchmal ein geschickteres Händchen, um mit diesen umzugehen.
Wer die Insel Rhodos anfliegt, der landet auf dem Flughafen Diagoras, nahe Ialyssos, der archaischen Hauptstadt der Insel. Ialyssos war Hauptstadt lange bevor reiche Kaufleute die Stadt Rhodos gründeten. Von Ialyssos, oder Yalussu, wie sie damals hieß, segelte der Fürst der Insel mit den Rabauken - Brüdern Agamemnon und Menelaos und ihrem gesamten Tross, um Troya zu überfallen. Dieser Krieg ist bis heute wach in der menschlichen Erinnerung, dank eines Kriegsberichterstatters namens Homer.

Die Akropolis von Ialyssos mit ihren vielen Tempelheiligtümern lag auf dem Hügel, der die Stadt überragt und heißt heute Filerimos. Filerimos ist über eine viel gewundene Asphaltstraße mit dem Bus gut zu erreichen. Neben den Ruinenresten aus der antiken Frühzeit steht ein wunderschönes Kloster aus byzantinischer Epoche. Die Fahrt mit dem Bus dorthin ist nicht beschwerlich und lohnt sich auf jeden Fall.

Egal, in welchem Ort der Insel Rhodos Sie wohnen, Sie können einfach jede Sehenswürdigkeit mit dem Linienbus erreichen. Der Knotenpunkt für alle Buslinien der Insel ist die Haltestelle "New Market" in Rhodos Stadt. Hierher fahren und von hier aus fahren Busse im Pendelverkehr an alle wichtigen und weniger wichtigen Orte.

Das System ist preiswert, relativ pünktlich und auch für den Fremden übersichtlich. Der öffentliche Busverkehr auf der Insel funktioniert so gut, weil man ein, im technisierten Zeitalter ungewöhnliches Prinzip, anwendet: So wenig Technik wie möglich zwischen den Menschen und seine Mitmenschen zu schalten. Am "New Market" läuft nichts elektronisch, nichts ist digitalisiert. Weder Laser, Online noch andere Goldene Kälber der elektronischen Epoche werden verwandt.
Es gibt ein Fahrkartenhäuschen, ungefähr so groß, wie bei uns ein Zeitungskiosk. Dort sind Fahrpläne und Preise angeschlagen. Der Ticketverkäufer hat die Abfahrten im Kopf und gibt freundlich Auskunft über den nächsten Bus in jede Richtung. Auf Griechisch, Englisch, Französisch und Deutsch. Kein Problem für Touristen also.

Das Herzstück der Organisation aber ist Yiannis, ca. fünfundvierzig Jahre alt, bereits grau auf dem Kopf, in zerschlissenen Jeans und gestreiftem T-Shirt. Yiannis drängt sich durch die wartende Menge, das Handy am Ohr und ruft die Busse auf. "Number 311 to Kalithea and Faliraki, quick, quick, hier einsteigen. Bus fährt gleich ab."

Yiannis erinnert sich an jede Frage jedes Touristen und pickt sich die, die mitfahren wollten, aus der Menge. "Filerimos, nächster Bus Nummer 65. Kommt gleich. Hier warten." Yiannis erinnert sich, wer ihn auf Deutsch oder

Englisch angesprochen hat und gibt klare Auskunft in der richtigen Sprache.

"Komm hier, Lindos, zwei Minuten, Nummer 375." Yiannis sorgt dafür, dass niemand seinen Bus verpasst und auch niemand falsch einsteigt. Einer wie Yiannis ist durch keinen Computer zu ersetzen.

Vielleicht sollten sich einige deutsche Großstädte auch einmal überlegen, ob ihr Informationssystem nicht zu vermenschlichen ist.

Im dichten Stadtverkehr von Rhodos Stadt kommt es schon mal vor, dass ein Bus kurz vor der Haltestelle im Stau stecken bleibt. Yiannis hat unseren 311 nach Kalithea schon dreimal vergeblich angekündigt. Der steckt jetzt angeblich 400 Meter vor unserer Station in einem Stau. Jetzt schimpft Yiannis in sein Handy mit dem Fahrer. Aber dann greift er in die Trickkiste. Neben dem Fahrkartenkiosk steht eine große Holzkiste, in der hat Yiannis fein säuberlich geordnet alle Busnummern, schwarz auf weiß gemalt. Was, Kalithea Nummer 311 kommt nicht? Das wollen wir mal sehen! Yiannis requiriert den Bus Nummer 38, dessen Fahrer gerade eine Zigarettenpause macht. Nimmt ihm die 38 weg und schiebt die Nummer 311 hinter seine Windschutzscheibe. Dann dreht er sich strahlend um zur wartenden Menge und ruft: "Nummer 311 Kalithea, Faliraki einsteigen. Fährt ab in 5 Minuten."

Wir wohnten In Kalithea, in der Nähe der alten Thermen, waren jeden Tag unterwegs, haben die unglaublichsten Sehenswürdigkeiten aufgesogen und jeden Tag, glücklicher-weise, mit Yiannis zu tun gehabt. Ankommen, aussteigen, Ticket kaufen, Yiannis fragen, wann der Anschlussbus kommt.

Rhodos Stadt allein war viele Besuchstage wert. Die

Johanniter hatten im vierzehnten und fünfzehnten Jahrhundert die Stadt als festungsartigen Brückenkopf für ihre Überfälle aufs Heilige Land ausgebaut. Nirgends auf der Welt gibt es eine andere so komplett erhaltene mittelalterliche Befestigungsanlage. Höhepunkte sind die Ritterstrasse mit den Herbergen der ritterlichen Landsmannschaften, an ihrem Ende gekrönt durch den fantastischen Großmeister Palast, ein Prunkstück mittelalterlicher Baukunst. Im Innenhof steht eine Reihe Marmorskulpturen in ihren Nischen.

Dann das Archäologische Museum, das Ausgrabungsschätze der Inselgruppe Dodekanissos zeigt, in den Mauern des Johanniterhospitz. Ebenfalls ein Meisterwerk mittelalterlicher Hochkultur, bewacht durch einen archaischen Löwen, dem des Nebukadnezar in Babylon nicht unähnlich. Oder das Byzantinische Museum, in einer wunderbar erhaltenen Basilika. Ringsherum die Stadtmauern mit ihren wuchtigen Monumentaltoren, ein paar im Stadtbild verstreute byzantinische Kapellen. Hoch über allem thront die Akropolis mit ihren drei noch aufrechten Säulen des Apollotempels. Der alte Hafen mit den Bronzen von Reh Kuh und Rehhirsch, die nur unvollkommen den verloren gegangenen Koloss der Heliosstatue ersetzen.
Nach Lindos mit dem Bus.
Lindos gilt als eines der schönsten Dörfer Griechenlands. Die weißen Häuser schmiegen sich an den Fuß des steilen Tafelberges oberhalb der weiten Bucht. Kein Baumeister lässt sich so einen Berg entgehen, auch nicht die Altvorderen, die Lindos schon in grauer Vorzeit besiedelt haben und es natürlich mit einer Akropolis krönten. Es

heißt, der erste Tempel der Athenae sei noch aus Holz gewesen. Dann entschied der reiche Kleobulos, der unten am Meer, nahe der Apostel Paulus Bucht, sein Mausoleum hat, einen ersten Marmortempel zu stiften. Über Generationen und viele Stilepochen ging die Bautätigkeit weiter. Immer mehr Heiligtümer drängten sich auf dem engen Felsplateau. Im dritten Jahrhundert kam die erste christliche Kirche dazu. Die Byzantiner verstärkten die Befestigungsmauer und die Johanniter bauten den Berg endgültig zur Festung aus. Der Weg hinauf ist steil, die unbehauenen Steinplatten des
byzantinischen Straßenbaues sind durch die Schuhe der vielen tausend Besucher glatt poliert. In der Hitze zwischen den Marmor- und Steinbrocken herumzuklettern, war schwierig, nicht nur wegen fehlender Wege und Geländer, sondern auch, weil wir das Pech hatten, dass am selben Tag fünf Kreuzfahrtschiffe ihre menschliche Ladung nach Lindos gekarrt hatten. An so einem Tag ist der *Times Sqare* in New York City eine menschenleere Einöde im Vergleich zum Heiligen Berg von Lindos.

Aber dank Yiannis waren wir gut hingekommen und dann, zurück in Rhodos Stadt, empfing er uns mit weit ausgebreiteten Armen und sorgte für den Anschluss:
" 311 nach Kalithea, einsteigen. Fährt gleich ab."

# 16
## EREMITOS

Die schärfste Grenze, die auf unserem Planeten verläuft, ist horizontal, die Wasseroberfläche. Jeder, der einmal abgetaucht ist in die Stille unter Wasser weiß, dass es sich dort unten um eine andere Welt handelt, und nicht einfach nur um ein anderes Land, eine andere Nation. Und doch gibt es Vergleichbares zwischen der lauten, hektischen Welt über dem glänzenden Wasserspiegel und der stillen, verschwiegenen, die sich unter der glatten Oberfläche so geschickt versteckt.

Die Vielfältigkeit der Meeresbewohner scheint unbeschreiblich. Manche haben Eigenschaften, die man auch auf festem Boden wieder finden kann. Da ist zum Beispiel der knorrige Merou, wie er rund ums Mittelmeer heißt, in unseren Landen nennen wir ihn Zackenbarsch. Er wird steinalt und bleibt sein ganzes Leben lang sesshaft.
Der Merou ist ein Eremit, vergleichbar mit dem, was die arabische Welt, an der Südküste des Mittelmeeres, einen Marabout nennt. Ein weiser Mann, der sich wenig bewegt, meist an einem schönen Plätzchen im Schatten eines Olivenbaumes sitzt, mit Blick aufs Meer, versteht sich. Der Weise bewegt sich nie vom Fleck, er meditiert und versorgt die Nachbarn mit guten Ratschlägen und ewigen Weisheiten. Die Nachbarn bringen ihm dafür zu essen und zu trinken. Nach seinem Tode baut man an der Stelle, wo er gelebt hat, ein Denkmal, das seinen Namen trägt. Ein

weißer Kubus mit einer Kuppel obendrauf. Der Marabout.

Ähnlich minimalistisch bewegt sich der Merou, was schon so manchem Taucher zum Verhängnis geworden ist. Er hält sich gern entlang steiler Felswände unter Wasser auf. Fast bewegungslos hängt er vor der Wand und nippelt gemütlich an einem Algenbüschel. Der Taucher der zehn- zwölf Meter über ihm an die Felsenkante kommt, hält den Merou für eine leichte Beute. Die Harpune ist bereits gespannt, der Taucher braucht sich nur ein paar Meter absinken zu lassen, um in Schussweite zu kommen. Pustekuchen! Der behäbige, alte Fisch hat den Eindringling längst aus dem Augenwinkel bemerkt und spielt sein übliches Spielchen. Er knabbert sich eine Algenreserve zurecht und sinkt mit kaum merklichem Flossenschlag nochmals zwei-drei Meter weiter ab. Der Taucher sagt sich: "Hey dich habe ich, das schaff ich auch." Nun ist das Dumme, dass der olle Merou ganz genau die Reichweite so einer Harpune kennt und den notwendigen Abstand einhält, außerdem ist er in seinem Element und der Taucher in einem gefährlich fremden. Das Spiel mit dem lethargischen Flossenschlag wiederholt sich und wiederholt sich wieder. Der Taucher weiß, er wird es schaffen. Aber erstmal muss er wieder an die Oberfläche um Luft zu schnappen. Eine große Portion. Der Fisch wird schon nicht weglaufen.

Anscheinend hat ihn das doofe Tier noch gar nicht bemerkt. Es knabbert immer noch an seinem Büschel Seegras. Der Taucher zielt mit seinem Pfeil. Der Merou schielt aus dem Augenwinkel und schätzt die Entfernung ab. Na, geht nochmal gut. Der Taucher hat die Lungen voll mit frischer Luft und wagt nun einen Angriff, er taucht fast senkrecht,

direkt an der Felswand hinunter und streckt den Arm mit der Harpune soweit er kann. Der Fisch ahnt, dieser Kerl will's wirklich wissen. Also macht er die paar langsamen Flossenbewegungen, die notwendig sind, und taucht unmerklich einige Meter weiter hinunter.
Der Taucher setzt ihm nach. So lange bis er glaubt, der Fisch sei in Reichweite. Ein schönes Exemplar, bestimmt rund einen Meter lang und um die fünfzig Kilo schwer, ohne Innereien natürlich. Trotzdem wird er nicht allzu viel Fleisch hergeben, denn mehr als ein Drittel ist Kopf--und mit dem denkt der Merou. Als er sieht, dass der Taucher es jetzt ernst meint, macht er eine flinke Bewegung und versteckt sich unter einer Felsnase. Der Taucher folgt nach, an der Grenze seiner Lungenkapazität. Die Brust droht zu platzen, er würde am liebsten einatmen, trotz des Wassers. Der Fisch scheint wieder bewegungslos am Fels zu hängen. Den hol ich mir, ist sich der Taucher sicher. Doch die Bewegungslosigkeit ist nur scheinbar. Der Fisch sinkt weiter ab, mit minimalistischem Flossenschlag. Der Taucher setzt nach. Schaff ich's? Reicht die Luft? Na, klar, ich mach das. Nur noch ein kleines bisschen. Geht schon. Bin doch in Form. *Der Fisch ahnt nicht, dass er heute in meiner Pfanne schmoren wird.* In seiner Verzweiflung atmet der Taucher einmal kurz aus. Ein Fehler! Denn alte, verbrauchte Luft in der Lunge ist immer noch besser als gar keine. Kurz bevor ihm schwindlig wird, unterbricht er den Tauchgang. Dringend braucht er frische Luft. Senkrecht, wie im Fahrstuhl strampelt er an der Felswand entlang nach oben, durchbricht die Oberfläche, wird geblendet von der Sonne, atmet aus, pustet und stöhnt, macht die Lunge ganz leer von der alten, verbrauchten Luft und atmet gierig vier-fünfmal ganz tief ein. Hoffentlich ist der Fisch noch dort.

Wieder runter am Felsen, die Schwimmflossen schieben ihn hinab. Noch ist der Meeresgrund nicht zu sehen. Aber der Merou steht vor dem Felsen, in einem exakten rechten Winkel. *Das Tier muss beschränkt sein, dass es mich die ganze Zeit nicht bemerkt hat.* Der Merou hebt die Lider kaum, hat aber den Taucher fest im Blick. Sich ein bisschen bewegungslos absinken lassen, das ist sein Lieblingssport. Der Taucher bleibt optimistisch, er glaubt an sich, er weiß, dass wir Menschen die Krönung der Schöpfung sind und alle anderen nur doofe Viecher.

Darum wird sein lebloser Körper zwei Tage später an den Strand gespült.

# 17
## FAHRRADTRÄUME

Ich bin gehbehindert. Reagiere also besonders sensibel, wenn ich angerempelt oder angefahren werde. Nirgends wird so intensiv Jagd auf Fußgänger betrieben wie in der Kölner Fußgängerzone.

Selbstverständlich kann Radfahrerin nicht schauen, wohin sie fährt. Sie muss ja die Auslagen der Schuhgeschäfte nach Angeboten prüfen. Darum ist ihr Kopf scharf nach rechts gedreht um keinen heruntergesetzten Preis zu übersehen. Wenn sie mir dann in die Rippen knallt, faucht sie mich natürlich an: "Können sie nicht zur Seite gehen?"

Nein kann ich nicht, denn dort kommt eine Fahrerin aus der anderen Richtung, die frenetisch eine SMS in ihr Handy klopft. Um orthografisch korrekt zu sein, darf sie natürlich nicht weg vom Display auf die Straße kucken. Klar, muss man das verstehen als Fußgänger. Schließlich haben wir Fußgänger ja nicht gleichzeitig Verantwortung für Schuhschnäppchen und Handykommunikation. Ich bin ganz sicher, die Damen würden Rücksicht nehmen auf Igel oder Kröten. Aber auf Fußgänger, vor allem, wenn die noch Männer sind?

Der Herr Musikprofessor dirigiert hoch oben auf seinem Drahtesel ein unsichtbares Sinfonieorchester. Er hat keine Hand am Lenker und die Augen fest geschlossen, wenn sein Orchester dem Adagio näher kommt. Ich drücke ein altes Mütterchen in einen Hauseingang um ihr das Leben vor dem verhinderten Dirigenten zu retten. Gut, dass es keine Polizei gibt, die in der Kölner Fußgängerzone für Ordnung sorgt.

Wovon sollten die Notärzte leben?

# 18
## KLEOBOLOS

Giorgis heißt mein freundlicher Taxifahrer. Ein älterer Herr mit grauem Mehrtagebart. Mein Urlaub auf der Sonneninsel Rhodos geht zu Ende. In der vergangenen Woche habe ich von meinem Hotel in Kalithea aus fast alle überwältigenden Sehenswürdigkeiten in den unterschiedlichen Orten der Insel besucht.

Ab Kalithea fährt ein meist pünktlicher, gut klimatisierter Bus sowohl nach Norden, wo die Hauptstadt Rhodos mit ihren mittelalterlichen Festungsanlagen liegt, wie auch nach Süden, in Richtung Lindos mit seiner Jahrtausende alten Akropolis, dem Höhepunkt, den ich mir für den letzten Tag aufgehoben habe. Die Busfahrt kostet 1,50 Euro. Die Taxis fahren für einen Festpreis von 35 Euro.
 Meine Wahl fiel auf den Bus, der heute mal ausnahmsweise Verspätung hat. Seit zwei Tagen pumpt ein erbarmungsloser Sirocco heiße Luft aus der Sahara in die Ägäis. Ins Wartehäuschen an der Bushaltestelle prallen außerdem die ungebrochenen Sonnenstrahlen. Kein Vergnügen, hier eine halbe Stunde warten zu müssen.

Giorgis hielt vor meinen Füssen, ließ die Scheibe herunter und bot mir an, mich für 15 Euro nach Lindos zu fahren. Ein Angebot, das ich nicht abschlagen konnte. Als ich neben ihm im klimatisierten Wagen saß, erklärte er mir, dass er nach Hause fahre, er sei aus Lindos. Er sei freier

Unternehmer, das Auto gehöre ihm. Er schulde niemandem Rechenschaft, könne also die Preise gestalten, wie er wolle. Außerdem hätte er gern Gesellschaft, auf der langen, für ihn eintönigen, Fahrt.
Giorgis schwatzte gern, ich auch. Ich begann mit einem Kompliment für das schöne Auto und seinen guten Zustand. Giorgis nimmt den Köder an. Er hätte sein ganzes Leben für das Auto gespart. Weder er noch seine Frau hätten von den Eltern geerbt, außer dem Haus, in dem sie wohnen. Kein bisschen Landwirtschaft, keine Olivenbäume. Er musste immer arbeiten. Sehr hart. Mit dem Taxi fährt er 12 Stunden täglich, von April bis Oktober. Im Winter lohne sich das Geschäft nicht. Giorgis hat 5 Kinder und 6 Enkel. Ein Clan Chef, der seine Familie zweimal pro Woche in seinem Haus zusammenruft und dafür schuftet, seinen Kindern etwas hinterlassen zu können. Er sorgte sich um die beiden noch unverheirateten Töchter. Ein Patriarch, wie er in unseren Breiten keinen Platz hätte. Während Giorgis erzählt, lächelt er ständig. Trotz der vielen Arbeit und der manchmal unfreundlichen Kunden, scheint das Leben Spaß zu machen.

Lindos ist seine Heimat und er ist stolz auf eines der schönsten Dörfer Griechenlands. Er fabuliert gern über die dreitausend Jahre lange Geschichte des Ortes und möchte, dass ich keine der Sehenswürdigkeiten übersehe. Da ist zuerst einmal die Akropolis, auf dem steilen Tafelberg gelegen. Wenn es mir zu anstrengend sei, hinaufzuklettern, dann könnte ich einen Esel mieten, der mich hinauftrüge. Na gut, ich werde sehen, wenn ich am Fuße des Berges bin. Schon zur Zeit Mykenes gab es ein erstes archaisches Heiligtum auf dem Berggipfel, den niemand übersehen

kann. Die Legende besagt, dass der erste Tempel für Athenae nur aus Holz war. Erst Kleobulos, einer der 7 Weisen der Antike, stiftete den ersten Tempel aus Marmor. Kleobulos galt nicht nur als Weiser, weil es ihm gelang große Reichtümer zusammen zu raffen, nein auch weil er viele Krieger gut bezahlte, um sein Gold zu schützen. Außerdem verstand er es, mit den Göttern freundliche Arrangements zu machen. In seinen späten Jahren ließ er sich ein Mausoleum erbauen, nahe der "Apostel Paulus Bucht", die damals natürlich anders hieß. Niemand ahnte, dass der Heilige Paulus hier einmal seine Füße kühlen würde. Kleobulos hatte wohl erwartet, dass die Bucht nach ihm benannt werden würde. Hier ruht er noch heute und staunt sicher nicht schlecht über die Menschenmassen, die aus aller Welt angereist kommen, um die verfallenen Heiligtümer auf dem Berg zu besichtigen.
Denn was Kleobulos losgetreten hatte, führten andere weiter. Jede Generation baute neue Tempel und Opferstätten. Bald wurde das kleine Bergplateau zu eng, alte Tempel wurden abgerissen und durch neuere, prächtigere ersetzt. Die Nachbarn wurden zu gierig auf all die Reichtümer. So wurde in der byzantinischen Epoche nicht nur die erste christliche Kapelle errichtet, sondern der Berg auch zum ersten Mal zur Festung ausgebaut. Die Johanniter schufen dann im fünfzehnten Jahrhundert das endgültige Bollwerk, das so viele Jahrhunderte lang als uneinnehmbar galt. Giorgis lässt mich an der Bushaltestelle aussteigen, weiter darf er nicht. Er erinnert mich nochmals an meinen Pflichtbesuch bei Kleobulos. Kein anderer Name aus der mehrtausendjährigen Geschichte des Ortes ist überliefert. Genügt es einen Tempel zu stiften und ein Mausoleum zu bauen, um unsterblich zu werden?

Im Dorf selber dürfen, der Umwelt zuliebe, nur Fußgänger und Esel zirkulieren.
Hat das uralte Dorf, das so fest in der Vergangenheit verwurzelt ist, bereits ein Stückchen Zukunft vorweg genommen?

# 19
## MARFALDA

Marfalda hatte ich über einen Internetflirt kennengelernt. Das Internet bringt Leute zusammen, die sich im wirklichen Leben wahrscheinlich nie begegnen würden. Marfalda war mir aufgefallen, weil ihr Foto ein starkes Gesicht zeigte, in das das Leben merkwürdige Spuren gekerbt hatte. Ich mag Frauen mit Vergangenheit, die haben meist auch eine Gegenwart. Nun, bei Marfalda war die Gegenwart so unübersichtlich, dass sie sich selber nicht mehr zurecht fand.
Marfalda war nur einer der Namen, die ihre multiple Persönlichkeit benutzte, um sich darzustellen.
Als Marfalda war sie Hellseherin. Diese Figur hatte einen eindeutig tragischen Zug. Nicht nur, dass sie ihren armen hilfesuchenden Opfern weismachte, sie könne in die Zukunft sehen. Nein, weil ihre angelernten mehrdeutigen Aussagen zufällig auch manchmal ins Schwarze trafen, glaubte sie selber, sie könne hellsehen. So betrog sie nicht nur ihre Kunden, die meist Kundinnen waren, sondern auch sich selber. Und da niemand in einer ständigen Lüge leben kann, hatte sie sich eine zweite Persönlichkeit gesucht und gefunden:
Marfalda war Künstlerin unter einem anderen Namen, Manousch. Nur hatte Manousch übersehen, dass Deutschland jene Republik ist, in der alle vom

Leben enttäuschten Frauen malen. Pensionierte Lehrerinnen malen. Zahnarzt- und Rechtsanwaltswitwen malen Lokomotivführer Witwen malen. Sie verstopfen Keller und Speicher mit Bildern, die niemand haben will. Es scheint, dass ihre Talentlosigkeit für die Betroffenen unsichtbar bleibt. Nur gegen diese verstopften Lager gibt es leider keinen Rohrreiniger und so wird der Lagerplatz für nützliche Dinge immer rarer. Diese Frauen glauben sich so zu „verwirklichen".

Jede meint, das eine große, noch nicht entdeckte Talent zu sein, dessen Werke, vielleicht erst nach ihrem Tode, sie weltberühmt machen würden. *Niemand versteht mich, weil meine Bilder so einmalig sind. Nach meinem Tod werden sie sehen, was sie an mir verloren haben.* Diese Alibi-Vorstellung trägt manche durchs ganze Leben Die Legende vom „nach dem Tode berühmt werden" ist tief verwurzelt im deutschen Halbbildungsmilieu. Die Chancen dafür sind ebenso gering, wie die für einen Sechser plus Zusatzzahl im Lotto. Also gleich Null.

Trotzdem hält sich das Fantasiegespinst bei all jenen, die den Markt nicht kennen. Das Phänomen mit dem nach dem Tode berühmt werden, hat sich in der modernen Kunstgeschichte nur einmal ereignet, bei dem außergewöhnlichen Jahrhundertgenie Vincent van Gogh. Alle anderen Künstler, deren Preise posthum durch die Decke gingen, hatten sich bereits zu Lebzeiten einen weltweiten Käuferkreis geschaffen, der dann nach dem Ableben, die Preise

in die Höhe trieb. Nur für jede Marianne Göblitzer aus Eckernförde gibt es nun mal keinen Weltmarkt. Ich sollte mich nicht allzu lange mit Manousch's künstlerischen Ambitionen aufhalten, denn da ist ja noch die dritte Persönlichkeit (die vierte lass ich einfach aus Platzgründen weg):
Als Edeltraut Pingendahl führte Marfalda/ Manousch ihr bürgerliches, um nicht zu sagen spießbürgerliches Leben in dem großen Landhaus, das die Familie ihr hinterlassen hatte. Von hier aus flirtete sie im Netz, was das Zeug hielt.

Ihr Lebensgefährte war seit Langem verstorben und schon 4/5 Jahre unter der Erde. Trotzdem glaubte Edeltraut er sei noch um sie. Sie stellte seine Teetasse auf den Tisch und kippte das Getränk erst weg, wenn es völlig kalt geworden war. Sie agierte, wie jene seit Langem verlassenen Ehefrauen, die bei jedem Klingeln an der Tür glauben *Jetzt kommt er zurück*, während der einstige Ehemann schon längst in Hannover neu verheiratet ist und zwei kleine Kinder hat.

Nur Edeltrauts Partner würde sicher nie wiederkehren. Er war seit Langem tot und begraben. Aber Edeltraut lebte in dem Wahn, dass ihr einstiger Gefährte jeden Moment die knarrende Holztreppe heraufkäme und einfach wieder da sei.

Diese Partnersuche im Internet war Unsinn gewesen.

Marfalda/ Manousch/ Edeltraut brauchte keinen neuen Mann an ihrer Seite, sie brauchte einen Therapeuten.

# 20
## ABRAHAM

Abraham war schon nicht mehr ganz frisch. Er roch etwas streng. Abraham war der olle Ziegenhirte seines Familienklans. Abraham war groß und hager. Er trug einen grauen Prophetenbart Er war den ganzen langen Tag draußen am Rande der Wüste mit seiner Herde. Unter der sengenden Sonne leidet so manches Gehirn.

Kein Wunder, dass die Propheten immer aus der Wüste kamen. Das flirrende Sonnenlicht erzeugte Halluzinationen. Wenn Abraham abends die Herde zurück ins Lager brachte, saßen die anderen schon ums Lagerfeuer herum und warteten auf Abrahams Geschichten.

Abraham hatte immer etwas zu erzählen:

Von dem Zicklein, das in eine Spalte gestürzt war und das Abraham mit einer mühevollen Klettertour gerettet hatte. Oder von dem Löwen, der sich der Herde hinterhältig bis auf wenige Schritte genähert hatte und den Abraham heldenhaft mit einem gut gezielten Steinwurf zwischen die Augen vertrieben hatte.

„Hier, genau hier, habe ich ihn mit aller Wucht getroffen. " Der alte Mann stieß mit seinem gekrümmten Finger auf die eigene Stirn zwischen den Augen.

Seine Sippe erwartete jeden Abend Abrahams neue Abenteuer. Der schrullige Alte hatte nicht nur eine blühende Phantasie, er konnte auch sehr bildhaft erzählen. Der etwas starrsinnige alte Mann scheute sich niemals, seine Geschichten mit den absurdesten Details auszustatten. Auf Realitätssinn legte Abraham keinen Wert. Er spickte seine Erzählungen mit Unglaubwürdigem. So warteten die anderen fast atemlos auf die abendliche Heimkehr des nach Ziegen stinkenden Hirten.

Eines besonderen Tages begab sich etwas Schreckliches:

da war einen schönen langen Tag von früh morgens bis spät abends absolut nichts Außergewöhnliches geschehen. Der durchgedrehte Hirte wollte seine Sippe nicht enttäuschen. Also musste sich Abraham schnell etwas Großartiges einfallen lassen.

Abraham ließ sich zuerst etwas bitten. Er machte sich rar. Dann nach einigem Zögern und dreimaligem ausgedehnten Räuspern:

„Halleluja! Heute war der größte Tag in der Geschichte unseres Volkes. Ich habe unsere Zukunft gesichert. Ich bin euer Vater. Der Vater unseres Volkes und gleichzeitig der Vater der Menschheit.

Heute habe ich unseren Herren getroffen, in einem brennenden Dornbusch. Ich habe mit ihm hart verhandelt und einen Vertrag abgeschlossen:

Wir brauchen nichts anderes zu tun, als unserem Herren zu dienen, ihn anzubeten und seine Gesetze zu befolgen. Er will nur ständig belobigt werden. Das verlangt er von uns. Sonst nichts. Ein bisschen eitel. Als Gegenleistung wird der Herr uns ernähren uns tränken, unsere Häuser vor Flut und Blitz schützen und das in alle Ewigkeit. Der Herr wird uns beschützen. Nur wenn wir ihm nicht gehorchen, dann wird er uns hart bestrafen. Uns und unsere Kinder und Kindeskinder auf alle Ewigkeit.

Also meine Brüder und Schwestern, ist das ein Deal oder ist das kein Deal?"

Die Sippe murmelte: „Guter Deal."

Der alte Hirte richtete sich mühselig auf. Eine Dunstwolke entwich dem Umhang des ungewaschenen Alten. Dann rief er: „Lasset uns beten."

Von diesem Abend an erfüllen Juden, Christen und Muslime mehr oder weniger den Vertrag des verwirrten alten Mannes.

# 21
## AUTOS

Bella ist sehr zufrieden mit ihrer japanischen Knutschkugel. Das kleine Auto bringt sie zuverlässig und preiswert wohin sie will. Meist will sie nur vom Stadtrand in die Innenstadt von Köln. Für längere Fahrten gibt's ja noch den Mittelklassen Opel ihres Mannes Andy.

Andy und Bella haben viel gemeinsam. Sie sind beide etwas kleiner als der Durchschnitt, aber gut proportioniert mit straffen Muskeln. Sie kommen beide aus dem bürgerlichen Bildungsmilieu, haben ordentliche Berufe. Sie denken ziemlich konservativ. Vor allem Bella denkt ständig daran „was sich gehört" und „was die anderen denken". Keine Exzesse, keine Ausschweifungen und keine Originalität, bloß nicht auffallen. Am Wochenende fahren sie gern an einen der schönen Nebenflüsse von Rhein und Mosel. Dort gibt es herrliche Wanderwege, still, gemütlich, romantisch, ohne Überraschungen.

Sie wandern gern stundenlang gemeinsam durch diese betulichen Landschaften. Bella hat die Brote mit Wurst und Käse belegt und auch ans Mineralwasser gedacht. Alles läuft harmonisch vorhersehbar zwischen den beiden. Nur eines stört Bella. Andy hat mehr Energie in den Waden als in seinen Lenden. Nach den langen Wanderungen fällt Andy total erschöpft ins Hotelbett. Bella, die gern kitschige

Liebesromane und manchmal auch einen Erotikthriller liest, erwartet noch mehr vom Leben. Jetzt Anfang 50, will sie mit dem Thema Sex nicht abschließen.

Also hat sie sich Eric an Land gezogen. Eric ist Bellas Spiegelbild. Er hat Lust, seine Frau hat keine Lust mehr. Aber Eric und Bella haben Lust aufeinander. Eric ist groß und sehnig und hat in der Körpermitte diesen harten, langen Docht, mit dem er Bella viel Gutes tun könnte. Nur die Realität steht zwischen ihnen. Da ist zuerst einmal die gute Erziehung, die sie beide genossen haben. „So etwas tut man nicht." Und dann ist da die praktische Frage: „Wo?" So viel Geld ist nicht da, dass sie sich eine Zweitwohnung nehmen könnten und jedes Mal ins Hotel wird auch teuer und peinlich, vor Allem für Bella.

Eric hat mehr Ressourcen als man denkt. In seiner Garage schlummert noch ein alter Ford Transit Kastenwagen. Den lässt er waschen und einigermaßen herrichten. Eric baut eine große Matratze auf die Ladefläche, besorgt einen kleinen batteriebetriebenen Kühlschrank und ein paar Fläschchen Piccolo. Vorhängchen vor die Fenster. Fertig ist das rollende Boudoir.

Am Stadtrand gibt es massenhaft Seitenstraßen in denen ein parkender Transit nicht auffällt. Auch wenn die Karosserie manchmal rhythmisch schaukelt. Bella hat sich für das erste Rendezvous im Auto *verruchte* rote Spitzenunterwäsche besorgt. So wie die kleine Spießerin sich die Flucht in ihr großes Abenteuer vorstellt. Den Piccolo trinken sie aus Plastikbechern. Trotzdem spreizt

Bella den kleinen Finger natürlich elegant ab. Ihre Hoffnungen auf ein aufregendes Leben, wie in ihren Kitschromanen, sind gerettet.

# 22
## WASSERSPIELE

Dieses jugendliche Paar liebt sich. Immer und überall. Jetzt schwimmen sie im kristallklaren Wasser einer engen Felsenbucht am Cap Ferrat bei Villefranche an der Côte d'Azur.

Sie schwimmen nebeneinander. Berühren sich spielerisch, driften auseinander, kommen wieder zusammen. Sie streicheln sich über ihre nackten Körperteile. Sie, Marianne, trägt einen süßen sehr kleinen gelben Bikini. Er, Lazló ist in roten Schwimmshorts. Nicht lange, denn sie haben, wie immer, Lust aufeinander. Marianne streift zuerst das winzige Höschen von den Hüften, dann schlüpft sie auch aus dem Oberteil des Bikinis. Lazló trödelt nicht und schiebt die Shorts hinunter und lässt sie auf dem Wasser neben sich treiben. Sie gehen nicht unter. Marianne und Lazló tauchen mit weit offenen Augen aufeinander zu.

Dann tauchen sie gemeinsam auf. Sie brechen durch die Oberfläche und pusten das Wasser aus Nase und Mund. Sie wischen sich über die Augen. Marianne lacht, sie prustet: „Ich bin schon ganz nass."

# 23
## ORCANO

Der Mistral ist ein besonderer Wind. Oft mehr als ein Wind, ein Sturm. Und manchmal mehr als das, ein Orkan. Der Mistral entsteht irgendwo ganz oben im französischen Hochgebirge. Er stürzt sich eisigkalt die Täler der Alpen hinunter. Aus allen Richtungen gleichzeitig kommend. Dann sammelt er seine geballte Kraft im Tal der Rhône und rast, mit sich immer steigernder Geschwindigkeit in Richtung Süden, immer an der Rhône entlang durch das, mal engere, mal breitere Tal. Wenn er Avignon und Aix en Provence erreicht hat, dann tobt er bereits mit Hochgeschwindigkeit und reißt alles mit sich, was nicht niet- und nagelfest ist. Im Mündungsdelta der Rhône prallt der Mistral aufs offene Mittelmeer, das quer zu seinem Angriff liegt. Der Sturm hebt die Wassermassen hoch, wühlt sie durcheinander, peitscht die Gischt höher als Hochhäuser sind, und macht dann etwas ganz Verrücktes: er teilt sich in zwei. Nein, er halbiert nicht seine Kraft, sondern er rast mit unverminderter Wucht in zwei unterschiedliche Himmelsrichtungen. Ein Teil dreht ab in Richtung Spanien und wird so zu einem tobenden Ostwind, entlang einer bald zerstörten Küste. Der andere wütende Arm des Mistral rast in unsere Richtung, entlang der *Côte d' Azur,* nach Nizza, wo ich damals wohnte, als eiskalter bitterböser Westwind.

Auf so einen Tag haben wir lange gewartet, Jacques und

ich. Seit Monaten. Wir waren damals jünger und verbrachten fast jeden Tag auf dem Meer, Windsurfen. Nun ist die *Côte d'Azur* nicht für ihre Stürme bekannt, sondern eher für ihr ruhiges, sonniges Klima. Trotzdem hatten wir uns für die wenigen Sturmtage im Jahr von Alphonse in seinem Garagenatelier jeweils sturmtüchtige Surfboards nach unseren eigenen Vorstellungen bauen lassen. Mein Brett wog minimale sechs Kilogramm, hatte einen Schwalben- Schwanz und war außerdem in der hinteren Hälfte konkav. Ich wusste, so würde sich ein dünnes Luftpolster zwischen dem tobenden Wasser und meinem dahin rasenden Brett bilden. Die Reibung würde sich noch einmal verringern und ich könnte noch wilder von Wellenkamm zu Wellenkamm fliegen. Alphonse hatte sehr sorgfältig den Kern meines Boardes aus feinporigem Schaumstoff geschliffen und ihn dann mit vielen feinen Schichten aus Glasfasermatten und Epoxidharzen ummantelt. Ich hatte das Ganze knallgelb einfärben lassen, wie eine Shell Tankstelle.

Jacques' Brett war ähnlich, wenn auch gut zu unterscheiden. Natürlich hatten wir uns für diese Sturmtage auch sonst mit bestem Material ausgerüstet. Die Epoxymasten und Mylarsegel waren von Feinsten, was auf dem Markt zu haben war. Mastfüsse und Finnen waren besonders sorgfältig verankert, damit nur ja nichts schief gehen konnte. Wir wussten, dass man mit den tobenden Elementen nicht spaßen konnte. Jacques war ein muskelbepackter Athlet. Er hielt sich mit schierer Muskelkraft auch bei dem wüstesten Sturm auf seinem Brett. Meine Stärke war eher die Technik, mit der ich die fehlende Muskelmasse ausgleichen konnte. Wir ergänzten uns gut.

Wir trafen uns am Strand und auf dem Meer. Außerhalb dessen hatten wir wenig gemeinsam. Jacques verkehrte in merkwürdigen Kreisen, in den schummrigen Pizzerien um den Hafen von Nizza. Dort roch es nach Mafia. Die Männer hatten immer dicke Geldbündel in der Tasche und auch Revolver. Auf dem Oberarm trugen sie eine Tätowierung *Born to be wild.* Die zierte natürlich auch Jacques' Haut. Womit Jacques sein Geld verdiente, konnte ich nie erfahren. Er hatte es immer reichlich. In bar, natürlich. Keine Schecks, keine Kreditkarten. Auf dem Meer waren wir verlässliche Kumpel. An Land wollte ich mit seinen Freunden und Geschäften nichts zu tun haben.

Ein besonders wilder Mistral war vorhergesagt. Als er über uns hereinbrach, waren wir gerüstet. Das Material war festgezurrt auf dem Autodach. Wir fuhren nach Saint-Laurent –Du -Var. Da war neben der Hafenmole ein kleines, windgeschütztes Plätzchen, wo wir aufriggen könnten. Auf der Fahrt dorthin kam uns alles entgegen geflogen, was nicht besonders gesichert gewesen war. Bistrotische, Stühle, Werbetafeln, Firmenschilder, ja sogar Fensterläden. Zwei-dreimal lag eine Palme oder ein anderer Baum quer über der Straße, wir umfuhren ihn vorsichtig. Glücklicherweise waren außer uns keine Autos unterwegs. Wir fanden den Windschatten, da, wo wir ihn erwartet hatten.

Obwohl der Platz relativ geschützt war, brauchten wir fast zwei Stunden, um aufzuriggen. Trotz des Windschattens flogen uns immer wieder unsere Ausrüstungsteile um die Ohren. Das Meer donnerte in gigantischen vier-fünf Meter hohen Wellen heran und stürzte sich mit voller Gewalt auf den Kieselstrand. Faustgroße, abgerundete Steine flogen durch die Luft. Wir wichen aus, so gut es ging, aber ein paar Blutergüsse waren unvermeidbar. Dann kam der schwierigste Teil:
 das Board mit Mast und Segel heil durch die tobende Brandung zu bringen. Wie es gelang, weiß ich nicht mehr. Ich erinnere mich nur, dass ich ein paar Liter salziges Wasser schlucken musste. Hinter den Brechern ist das Meer ruhiger, das weiß jeder. Auch wenn die Wellen immer noch fünf Meter hoch waren. Hier erfasste uns der Orkan mit seiner vollen Wucht. Windstärke 10 war angesagt. Über den Wellenkämmen zischte eine zwei Meter hohe Schicht

aus Gischt, das war unsere Atemluft. Aus der Gischt mussten wir genug Sauerstoff für unsere Lungen filtern. Der Wasserstart bei Windstärke 10 war ein neues Abenteuer. Bei mittleren bis starken Winden hebt einen der Druck im Segel aufs Brett. Bei diesem Orkan hob mich der Wind zwar hinauf, aber er schleuderte mich augenblicklich darüber hinaus und in mein Segel hinein. Immer wieder und wieder. Als ich aber endlich oben war, wurde die Reise zum puren Genuss. Ich hängte mich mit aller Kraft und meinem ganzen Gewicht ins Trapez und flog von Welle zu Welle. Stimmt, fliegen ist das richtige Wort. Ich hing vollkommen horizontal unter meinem ebenfalls horizontalen Mast und Segel. Das Board steuerte ich nur mit den Fußspitzen in den Straps. Es war so gut wie null Gewicht auf dem Surfboard. Das Meer und der Wind zischten gemeinsam durch meine Ohren. Auf der einen Seite rein, auf der anderen Seite raus. Im Augenwinkel beobachtete ich, ob alles gut ging bei Jacques. Es ging ihm wie mir: entweder raste er von Wellenkamm zu Wellenkamm und brüllte dabei seinen Spaß heraus, oder er stürzte kopfüber ins tobende Element. Er war aber nach ein paar Minuten Muskelanspannung wieder an Bord und setzte die wilde Jagd fort. Es war also nichts passiert. Dafür sind Freunde da, dass sie aufeinander aufpassen, wenn's haarig wird. Wir wussten, dass wir uns aufeinander verlassen konnten auf dem Meer.
An Land war das etwas anderes. In Jacques' Milieu waren Schusswunden und Messerstiche an der Tagesordnung. Einige seiner Freunde saßen ab und zu mal hinter schwedischen Gardinen. Frauen verschwanden und tauchten nie wieder auf.
Ich wollte diese Leute nie näher kennen lernen. Aber hier

im brüllenden Orkan wusste ich, wenn mein Mastfuss brechen würde oder das Segel zerreißen, Jacques wäre zur Stelle mir zu helfen. Genau so wäre es anders herum.

Das war ein wildes Abenteuer, über das wir öfter redeten. Jacques gestand mir später, er hätte zeitweise Todesangst gehabt, mir ging's nicht anders. Gleichzeitig sagte er mir, er müsse verschwinden, denn er würde gesucht. Wir könnten uns nie mehr wieder sehen.
„Ciao Jacques, ich hoffe für dich, dass die Polizei hinter dir her ist und nicht deine guten Freunde."
Tatsächlich verschwand Jacques am nächsten Tag. Er ist bis heute nicht wieder aufgetaucht. „Gut informierte Kreise" aus den Hafenkaschemmen sagten mir, ich würde Jacques nie wieder sehen. Das war vor ca. 30 Jahren.

# 24

## HOFFNUNGEN

Isabell ist Lehrerin. Eine gute Lehrerin. Eine außergewöhnlich gute Lehrerin, wie sie selber sagt. Schließlich ist sie kreativ. Die ganz Wilden unter den malenden Lehrerinnen schreiben das mit c.

Isabell ist auch Künstlerin. Viele Lehrerinnen sind Künstlerin. Es ist ganz leicht, einen Ferienkurs zum Malen in der Toskana zu belegen. Wenn man dann ein paar Fachworte gelernt hat, zum Beispiel Aquarell- und Acrylfarben, Büttenpapier, Leinwand und Keilrahmen, dann kann man sich schon Künstlerin nennen. Als Malerin kann man sich selbst „verwirklichen". Irgendwann hat die Lehrerin bemerkt, dass es doch keine Lebensaufgabe ist, Anweisungen, die von oben kommen, nach unten weiterzuleiten. Da hilft nur „Selbstverwirklichung als Künstlerin."

Dass niemand ihre Bilder ausstellen will, macht nichts. Als Frau wird man sowieso benachteiligt. Nur Männer bekommen die Chance, in einem großen Museum auszustellen. Das weiß jeder. Ebenso wie jeder weiß, dass man als Künstlerin erst nach seinem Tod berühmt wird. Mit dieser Lebenslüge kann man sich ganz gut durchs Leben schwindeln. *Die werden später merken, was sie an mir versäumt haben.*

Isabell hat eine Tochter Klara. Die wird auch Künstlerin. Die Klara ist außergewöhnlich begabt. Die krakelt schon mit 8 Jahren bunte Bildchen aufs Papier. „Oh Kuck mal ein blauer Mond. Die Klara ist sehr talentiert. Aus der wird mal was." Klara kennt auch die neuen Medien. Klara fotografiert. Ihre Fotos sind immer ein bisschen unscharf. Ein zusätzlicher Beweis für ihr künstlerisches Genie. Unscharfe Fotos sind künstlerisch wertvoll. Isabell ist sehr stolz auf ihre Tochter. Die wird einmal die Hoffnungen und Träume erfüllen, an denen ihre Mutter gescheitert ist.

# 25
## DIE AUGEN

Anna war alleinerziehend. Genau wie ich. Sie holte ihren kleinen Stephan ungefähr zur gleichen Zeit in der Kita ab, wie ich meine Tochter. Oh diese Augen. Annas Augen waren strahlend grün. Grün, grün. So smaragdgrün wie tiefe Bergseen. Obwohl ich keine Ahnung von Bergseen habe. Annas Gesicht war von gleichmäßiger Schönheit, eingerahmt von dunkler Haarpracht. Aber das Überwältigenste an Anna waren diese leuchtend grünen Augen.

Schon in der Nacht nach unserem ersten Zusammentreffen vor der Kita träumte ich von diesen Augen. Sie ließen mich nicht mehr los, weder in meinen täglichen Fantasien, noch in der nächtlichen Traumwelt. Sah aus, als würden diese grünen Augen zu einer Obsession für mich werden. Ich bemühte herauszufinden, wo Annas Trampelpfade verliefen. Nachdem ich herausgefunden hatte, wo sie ungefähr wohnte und wo sie einkaufen ging, arrangierte ich zufällige Treffen.

Im Supermarkt stand ich an der Kasse hinter Anna und hielt Wechselgeld parat wenn es gerade knapp wurde. Es gab Gelegenheiten, Anna anzusprechen. Ich nutzte sie. Wir führten den üblichen Eiertanz auf. Erstes Grüßen, ein paar unverbindliche Worte und dann die obligatorische Einladung zum Kaffee. Und tatsächlich kamen Anna und ich uns näher auf eine betuliche, fast spießige Art, wie zwei Gutbürgerliche, die nichts überstürzen wollen.- Oder sich nicht getrauen, etwas zu überstürzen. Bei mir war's die Faszination für Annas überirdisch schöne Augen. Tatsächlich: jetzt, wo wir die ersten Schritte zu einem möglichen Flirt gemacht hatten, verfolgten mich die smaragdgrünen Augen überall. Ich ging zwar noch meinen täglichen Verpflichtungen nach, der Arbeit, dem Haushalt, meiner heißgeliebten Tochter, aber im Hintergrund dachte ich ständig nur an diese wunderschönen Augen. Es ging nur um diese Augen, sonst nichts.

Ich sorgte dafür, dass wir uns häufiger trafen. Die Verabredungen zum Kaffee wurden fast zur Routine und mittags aßen wir eine Kleinigkeit im Bistrot in unserer Nachbarschaft. Anna hatte längst bemerkt, dass sie mich faszinierte, schließlich hatte ich es ihr oft genug gesagt. Ich ziere mich nicht allzu lange. Auch ich schien ihr nicht gleichgültig zu sein. Es hatte sich eine Art selbstverständlicher Vertraulichkeit zwischen uns eingeschlichen. Und eine schöne Neugier auf das was kommen würde.

Alle Vorzeichen standen auf positiv. Nach diesem langwierigen aneinander Herantasten wagte ich den großen Schritt. Ich lud Anna eines Tages zum Abendessen zu mir ein. Anna hatte eine „beste Freundin" als Babysitter für ihren Sohn. Meine Tochter war intensiv mit Videospielen in ihrem Zimmer beschäftigt und wollte dann allein zu Bett gehen. Sie hatte sich eingeschlossen. Fürs Essen hatte ich mir viel Mühe gegeben und außerdem eine Flasche sehr guten Burgunder besorgt. Das Gespräch beim Essen lief angenehm. Anna und ich hatten einen schönen Flirt, der stetig anschwoll und unweigerlich auf seinen Höhepunkt hinstrebte.

Ich hatte Gelegenheit im flackernden Kerzenschein tief in ihre grünen Augen abzutauchen, die jetzt goldgesprenkelt waren. Wir nahmen uns bei der Hand und gingen zur Tür des Schlafzimmers. Wir waren uns einig: dies sollte, eine sehr besondere Nacht werden. Und trotzdem hat mich keine so enttäuscht wie Anna:

*beim Liebemachen schloss sie die Augen!*

# 26
## KULT

Aus Marys Ehe war die Luft raus. Der langweilige Gatte Giuseppe interessierte sich schon lange nicht mehr für Marys Körper. Er wollte nur noch reden, reden, reden.
Oh dieses unsägliche Geschwätz.
Mary war zu vorsichtig, um sich mit anderen Männern aus ihrem verschlafenen Heimatdorf einzulassen. Es wurde zu viel geklatscht. In diesen unbedeutenden Dörfern die niemand kennt, da kennt jeder jeden und es wird zu viel geredet.
Also ließ Mary sich nicht mit dem Bäcker ein, der mit mehligen Händen nach ihren Hüften grabschte, und nicht mit dem Fischer vom See. Sie fürchtete sein strenger Geruch würde sie verraten.
Also blieben ihre heißen Lenden unbefriedigt, bis der fröhliche Wandersmann Gabriel durchs Dorf zog. Ihr heftiger One- Night- Stand im Heu hinterm Haus blieb nicht ohne Folgen.
Aber jetzt war Mary in einem schrecklichen Dilemma:
Wie sollte sie dem enthaltsamen Gatten klar machen, dass sie schwanger war?
So erfand Mary einfach die irre Geschichte von der „unbefleckten Empfängnis" und machte damit ihr verschlafenes Heimatdorf Nazareth weltberühmt. Sie legte den Grundstein für einen Jahrtausende anhaltenden Kult.

## DER AUTOR

Olaf Clasen wurde 1939 in Lübeck geboren. Er verbrachte die erste Hälfte seiner Kindheit in Scharbeutz an der Lübecker Bucht, die zweite Hälfte in Garmisch- Partenkirchen. Schule und Ausbildung zum Druckereifachmann in München. Danach ging Clasen nach Tunis wo er 15 Jahre lang lebte, anschließend war Clasen 12 Jahre in Nizza und dann ebenfalls 12 Jahre in New York City. Clasen wechselte häufig die Berufe. War aber immer selbstständig. Er war Cartoonist, Werbefotograf, Werbegrafiker, Artdirektor und Druckereileiter. Am längsten führte er seine Kunstgalerie. Zuerst in Nizza, dann in NYC und danach in Köln.

Seit 1991 lebt Clasen in Köln und ist jetzt freischaffender Autor. Seine reiche Lebenserfahrung liefert ihm den Stoff für seine überschäumenden Erzählungen. Clasen war zweimal verheiratet und ist Vater einer 1993 geborenen Tochter.

## HAFTUNGSAUSSCHLUSS

Auch wenn Sie glauben, den einen oder anderen Protagonisten zu kennen, muss ich Sie enttäuschen. Die Personen und Handlungen in diesem Buch sind frei erfunden.

Eventuelle Ähnlichkeiten mit lebenden Personen müssen also rein zufällig sein.